Le grand livre de

4

 Héritage jeunesse

Catalogage avant publication de
Bibliothèque et Archives nationales
du Québec et Bibliothèque
et Archives Canada

Le grand livre de Go Girl ! n° 4
constitué des livres
« Une fête d'enfer ! »,
« Le club super secret »
et « Je nage ou je me noie ! »
écrits par :

Badger, Meredith
Une fête d'enfer !
Traduction de : Birthday girl

Perry, Chrissie
Le club super secret
Traduction de : Secret Club

Kalkipsakis, Thalia
Je nage ou je me noie !
Traduction de : Sink or swim

Pour les jeunes.
ISBN 978-2-7625-9646-5
I. Oswald, Ash. McDonald, Danielle.
II. Ménard, Valérie,
III. Titre.
IV. Collection : Go Girl !

Imprimé au Canada

Birthday girl
de la collection GO GIRL !
Copyright du texte
© 2006 Meredith Badger
Maquette et illustrations
© 2006 Hardie Grant Egmont

Secret Club
de la collection GO GIRL !
Copyright du texte
© 2008 Chrissie Perry
Maquette et illustrations
© 2008 Hardie Grant Egmont

Sink or swim
de la collection GO GIRL !
Copyright du texte
© 2008 Thalia Kalkipsakis
Maquette et illustrations
© 2008 Hardie Grant Egmont
Conception et illustrations
de Ash Oswald et Danielle McDonald
Le droit moral des auteurs est ici
reconnu et exprimé.

Versions françaises
© Les éditions Héritage inc. 2011

Traduction de Valérie Ménard
Révision de Ginette Bonneau
Graphisme de Nancy Jacques

Nous reconnaissons l'aide financière
du gouvernement du Canada
par l'entremise du Fonds du livre
du Canada.

Nous reconnaissons l'aide financière
du gouvernement du Québec
par l'entremise du Programme
de crédit d'impôt-SODEC.

GO GIRL !

Une fête d'enfer!

PAR

MEREDITH BADGER

Traduction de VALÉRIE MÉNARD

Révision de GINETTE BONNEAU

Illustrations de ASH OSWALD

Graphisme de NANCY JACQUES

Chapitre * un

Annabelle est étendue
sur son lit, pensive. Elle est
angoissée, bien que ce soit
la fin de semaine, qu'il fasse
un soleil de plomb à l'extérieur
et que ce soit son anniversaire.

En fait, elle se sent mal

parce que c'est son anniversaire.

Je vais rester ici jusqu'à ce

que tout soit terminé

et que les invités soient rentrés

chez eux, pense-t-elle.

Et je ne veux plus jamais

de fêtes d'anniversaire.

Habituellement,

Annabelle adore les fêtes.

Son anniversaire a lieu en été,

et elle organise toujours

une fête dans sa cour, chaque fois sur un thème différent.

Une année, ce fut une fête « hawaïenne ». Les invités portaient des jupes en paille et des colliers faits avec des fleurs. Ils ont bu des jus

de fruits tropicaux

dans des noix de coco.

Une autre année, tout

tournait autour de « l'hiver ».

Tout le monde faisait

semblant que le temps était

froid alors qu'il faisait

vraiment chaud. Il y avait

des icebergs géants sur la

pelouse, et l'oncle d'Annabelle,

Benoît, avait fabriqué

un bonhomme de neige
grandeur nature, en mousse.

Puis, l'année dernière,
la fête qu'elle a organisée avait
pour thème «l'école autour
de la piscine». Ses amis
avaient enfilé leur uniforme et
apporté leur sac à dos. Ils ont
même eu des cours... pour
le moins rigolos ! Dans le cadre
d'un cours, ils ont préparé
des pizzas. Dans un autre,

ils ont décoré des chandails

avec de la peinture à brillants.

Ensuite, tout le monde a sauté

dans la piscine d'Annabelle.

Annabelle connaît donc

bien les ingrédients pour

qu'une fête soit réussie.

Mais tout a changé depuis

la fête d'anniversaire

de sa meilleure amie, Béatrice.

Les années passées, Béatrice

organisait également

une fête chez elle. Cette année

cependant, elle célèbre

son anniversaire dans

un centre d'escalade.

Béatrice a invité ses copines

de l'école : Delphine, Maude,

Victoria, Élodie et Annabelle.

Elle a aussi invité plusieurs

autres personnes. La plupart

des élèves de sa classe sont

présents, y compris les garçons.

Il y a même quelques membres

de l'équipe de basketball
de Béatrice à la fête.
Pour le dîner, ils mangent
des pelures de pommes de terre
et des nachos au restaurant
du centre. Puis, la mère
de Béatrice sort d'une grosse
boîte rose et or un énorme
gâteau décoré de fleurs
en chocolat qu'elle a acheté
à la pâtisserie. Sur le dessus,
on peut lire « Bonne fête

Béatrice » en glaçage rose.

C'est le plus beau gâteau

qu'Annabelle a jamais vu.

— Ce gâteau est magnifique,

lance Delphine tandis qu'elles

en mangent chacune une pointe.

En fait, c'est la fête la plus

réussie à laquelle j'ai assisté.

C'est tellement cool, l'escalade.

— Ouais, ajoute Maude.

Ce serait bien si on pouvait

célébrer toutes les fêtes ici !

— As-tu eu du plaisir? lui demande sa mère lorsqu'elle vient la chercher après la fête.

— Oui, beaucoup, répond Annabelle en souriant.

Puis elle regarde sa mère. Elle a une faveur à lui demander. *Son* anniversaire arrive à grands pas, et elle souhaite que sa fête soit aussi réussie que celle de son amie Béatrice.

— Maman, dit nerveusement Annabelle, est-ce que ma fête pourrait également avoir lieu au centre d'escalade ?

— Je croyais que tu aimais bien recevoir les gens à la maison, répond sa mère d'un air étonné.

Annabelle se sent un peu mal. Elle sait que sa mère et son oncle Benoît se donnent beaucoup de mal pour organiser ses fêtes. Et jusqu'à

ce jour, elle a toujours cru

que ses fêtes étaient géniales.

Mais elle ne peut s'empêcher

de penser que la fête de

Béatrice a surpassé les siennes.

Les fêtes dans la cour arrière

lui paraissent soudainement

enfantines. Comment

l'expliquer à sa mère...

— J'adore les fêtes dans

la cour, finit par dire Annabelle.

Je veux une fête comme celle de Béatrice!

J'ai simplement envie de quelque chose de différent cette année.

La mère d'Annabelle fronce les sourcils. Cela signifie qu'elle réfléchit.

— D'accord, répond sa mère après une minute de réflexion. Ta fête pourra avoir lieu au centre d'escalade.

— Youpi ! s'écrie Annabelle en sautillant d'excitation sur son siège.

— Une minute, ajoute sa mère. Il y a un *mais*.

Annabelle ronchonne.

Les *mais* n'augurent jamais rien de bon.

— Si ta fête a lieu
à la maison, tu peux inviter
qui tu veux. Mais si nous
allons au centre d'escalade,
tu ne pourras inviter que trois
personnes.

— Seulement *trois* ? réplique
Annabelle.

Elle se butait à un *mais*
majeur.

Si la fête de Béatrice a été
aussi réussie, c'est en partie

parce qu'ils étaient plusieurs

enfants à y assister. Ce ne sera

pas pareil s'ils ne sont que trois.

Mais la mère d'Annabelle ne

cède pas.

— C'est le marché que

je te propose, répond sa mère.

C'est maintenant à toi

de décider.

Chapitre
deux

Le dimanche, Annabelle n'a toujours pas décidé ce qu'elle va faire. Ce serait super de célébrer son anniversaire au centre d'escalade. Mais comment faire pour savoir qui

inviter ? Pour commencer, il y
a sa meilleure amie, Béatrice.
Il y a aussi ses autres
meilleures copines — Victoria,
Delphine, Maude et Élodie.

Et puis, il y a ses amies de
l'harmonie. Annabelle fait
partie de l'harmonie depuis
un bon moment, et elle aime
bien Daphné et Félicia. Et c'est
sans oublier les enfants qui
habitent dans son quartier.

Elle invite toujours sa voisine immédiate, Maïko, ainsi que Maïka, qui habite au bout de la rue. Et en plus, il est hors de question de mettre de côté Sophie qui, en plus d'être sa cousine, est une bonne copine.

Ce serait simplement trop difficile de ne choisir que *trois* personnes.

Tandis qu'Annabelle est étendue sur son lit à penser,

sa mère glisse la tête dans l'embrasure de la porte.

— Allez, Belle. Oncle Benoît nous attend pour le dîner, dit-elle.

Annabelle et sa mère vont dîner chez son oncle Benoît tous les dimanches. Sa cousine Sophie est présente un dimanche sur deux, et passe les autres dimanches chez sa mère.

— Cool, lance Annabelle
en se levant.

Elle adore aller chez son
oncle Benoît. Il est illustrateur,
et les murs de sa maison sont
tapissés de dessins comiques.
Et en plus, Sophie est supposée
être là cette semaine.

Je pourrais lui demander
quel type de fête elle choisirait
si elle était à ma place,
pense-t-elle. Sa cousine est

douée pour résoudre

des problèmes.

Sophie est installée

à l'ordinateur lorsqu'elles

arrivent. Elle écoute Annabelle

lui exposer son problème.

— J'ai toujours aimé tes fêtes

telles qu'elles étaient, répond

Sophie. Mais c'est ton choix.

Puis, elle tape quelque

chose sur le clavier

de l'ordinateur.

— Allons visiter le site
de la Princesse des fêtes.
Elle pourrait peut-être nous
aider.

Quelques secondes
plus tard, une fille portant
une couronne et tenant
un cadeau apparaît à l'écran.

— C'est la Princesse
des fêtes, explique Sophie.
Elle sait absolument tout à
propos des fêtes.

Sophie clique sur l'onglet

QUOI DE NEUF?

> ### Princesse des fêtes
>
> ## QUOI DE NEUF?
> ## LES FÊTES MOCKTAIL!
>
> - *Portez vos plus beaux vêtements.*
> - *Servez des boissons colorées dans de grands verres.*
> - *Proposez des hors-d'œuvre originaux sur des plateaux en argent.*
> - *Jouez au croquet.*

Annabelle sourit.

— C'est ça! s'écrie-t-elle.

Je vais préparer une fête

mocktail ! De cette façon, je pourrai inviter qui je veux. Et en plus, ce sera complètement différent des fêtes que j'ai l'habitude d'organiser.

Sophie hoche la tête.

— Bonne idée, Belle, confirme-t-elle.

Pendant le repas, Annabelle explique son idée à sa mère et à son oncle Benoît.

— Les invités seront sur leur trente-six et nous servirons des boissons dans de grands verres ainsi que des hors-d'œuvre sur des plateaux en argent, dit-elle avec entrain. Puis nous jouerons au *cro-quette*.

Sa mère fronce les sourcils, puis elle éclate de rire.

— Tu veux dire au *cro-quet*, en appuyant sur chaque syllabe. Je ne sais pas jouer.

Le visage d'Annabelle s'assombrit. Elle espérait que sa mère sache jouer.

— Mais vous oubliez le plus important ! ajoute soudain son oncle Benoît. Que veux-tu sur tes cartes d'invitation ?

Annabelle se mord la lèvre.

C'est oncle Benoît qui s'occupe de confectionner les invitations chaque année. Pour la fête hawaïenne, il avait dessiné des filles qui

bougeaient les hanches

lorsqu'on tirait sur un onglet.

Pour la fête d'hiver, il avait

dessiné des pingouins qui

portaient des chapeaux de fête

qui brillaient. Et pour la fête

d'école, il avait fabriqué des

cartes d'invitation qui avaient

la forme d'un bulletin.

Béatrice a acheté ses cartes

d'invitation dans un magasin

d'accessoires de fête.

Les bordures étaient en or et

elles sentaient le melon d'eau.

Annabelle souhaite avoir

des cartes d'invitation

identiques cette année.

Elle s'apprête à répondre

lorsque son oncle donne

soudain un coup sur la table.

— Je sais ! annonce-t-il.

Elles pourraient avoir la forme

d'un verre à cocktail ! Puis,

quand on tirerait sur la paille,

le liquide s'effacerait.

Annabelle soupire

discrètement. Tout ce qu'elle

va dire à présent va s'envoler

par les fenêtres. Il n'est

plus possible de freiner

l'enthousiasme de son oncle

Benoît.

Après le dîner,

ils commencent tous à

travailler sur les cartes

d'invitation. Oncle Benoît
dessine d'abord le plan
à l'ordinateur. Puis Sophie,
qui connaît les ordinateurs
aussi bien que son père,
y ajoute de la couleur.
Enfin, ils les impriment
et les assemblent.

   Annabelle ajoute ensuite
la touche finale. Elle colle
des brillants rouge et or
sur les pailles.

Ils y passent tout l'après-midi. Le temps file rapidement. Oncle Benoît dessine des objets amusants dans les verres. Dans l'un d'eux, il dessine un dauphin qui porte des lunettes de plongée. Dans un autre, il ajoute un canard qui nage sur le dos.

Après avoir terminé les cartes d'invitation, Sophie les étale sur la table.

— Elles sont tellement cool !

dit-elle.

Annabelle hoche la tête.

Elles sont effectivement

réussies. En les regardant,

elle réalise soudain que sa fête arrive à grands pas ! Annabelle frémit juste à y penser.

Ce sera la fête la plus géniale que j'aurai jamais organisée, pense-t-elle.

Chapitre *trois*

— J'adore ta carte d'invitation, Belle, dit Victoria quelques jours plus tard. Mais pourquoi est-ce que tu n'organises pas une fête autour de la piscine? Ta fête

d'école a été la plus réussie
de toutes.

— Je voulais simplement
faire quelque chose de
différent cette année, explique
Annabelle. Les fêtes autour
de la piscine sont ennuyantes.

— Je ne les trouve pas
ennuyantes, ajoute Delphine.
La tienne était géniale !

Annabelle sourit.
Elle a l'impression que

Delphine dit cela pour être gentille.

— Qu'est-ce qu'on devra porter cette fois ? demande Delphine.

Annabelle réfléchit pendant un moment.

— Quelque chose de très élégant, répond-elle.

— Je vais emprunter des vêtements à ma sœur, dit Delphine avec excitation.

Je suis certaine qu'elle a
ce qu'il faut.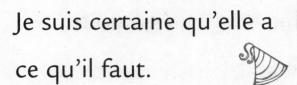

— Bonne idée, approuve
Maude. Et toi, Belle, qu'est-ce
que tu vas porter?

Annabelle porte toujours
un chandail habillé avec
son jean préféré ou une jupe
quand elle assiste à une fête.
À l'occasion de sa fête d'école,
elle avait enfilé son uniforme
par-dessus son maillot

de bain. Pour la fête de

Béatrice au centre d'escalade,

elle était vêtue de *leggings*

et d'un chandail à manches

courtes.

Par contre, aucun de

ces vêtements ne convient

pour une fête mocktail.

Elle doit trouver quelque

chose qui sort de l'ordinaire.

— Je n'ai pas encore décidé,

répond Annabelle en haussant

les épaules. Mais ce sera pas mal cool.

Puis elle se tourne vers Béatrice.

— Et toi, Béa ? demande-t-elle.

Mais Béatrice regarde la carte d'invitation d'un air perplexe.

Elle ne semble vraiment pas emballée, pense Annabelle, attristée.

— La fête a lieu le 12 ?
l'interroge-t-elle d'un air inquiet.

— Ouais, confirme
Annabelle. Vous êtes attendues
pour quatorze heures.
Pourquoi ?

Béatrice tripote sa queue
de cheval. Elle fait toujours
cela quand quelque chose
la tracasse.

— C'est que... les Cacatoès
ont remporté les demi-finales,

explique-t-elle. Nous

participerons donc à la finale.

Béatrice a récemment

commencé à jouer au

basketball.

Annabelle serre son amie

dans ses bras.

— C'est super ! Alors

pourquoi as-tu une tête

d'enterrement ?

Béatrice soupire.

— La finale a lieu le 12.

Annabelle regarde Béatrice.

— Tu veux dire que tu ne
pourras pas venir à ma fête ?
demande-t-elle, bouche bée.

— *Bien sûr* que je vais y aller,
s'empresse de répondre
Béatrice. Je serai un peu
en retard, c'est tout.

Le cœur d'Annabelle fait
un bond.

Elle ne sait pas quoi
répondre. Béatrice n'a jamais
raté une de ses fêtes depuis
l'âge de trois ans. Elle est
habituellement la première
arrivée et la dernière à quitter,

et c'est toujours elle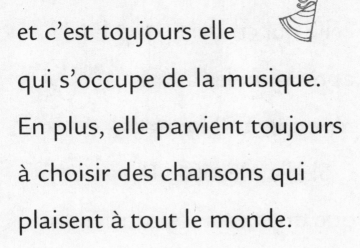

qui s'occupe de la musique.

En plus, elle parvient toujours

à choisir des chansons qui

plaisent à tout le monde.

Qui sera en charge de

la musique jusqu'à ce qu'elle

arrive?

Il y a aussi la chanson de

Bonne fête. Béatrice la chante

toujours plus fort que

les autres. Elle est également

celle qui crie «Hip hip hip!»,

après quoi les autres

répondent «Hourra!»

Si elle n'est pas là, est-ce

que quelqu'un se souviendra

de le faire?

Soudain, la cloche qui

annonce la fin de la récréation

sonne, et la bande retourne

en classe.

Annabelle et Béatrice

marchent côte à côte sans

parler. Les pensées

se bousculent dans la tête

d'Annabelle.

Je devrais peut-être changer

la date de la fête? pense-t-elle.

Mais il est trop tard. La

plupart des cartes d'invitation

ont déjà été envoyées.

Une pensée épouvantable

traverse soudain l'esprit

d'Annabelle, une pensée

si troublante qu'elle grimace

et secoue la tête afin

de l'oublier immédiatement.

Mais elle est toujours présente

au moment où elle cesse

de secouer la tête.

Béatrice n'a peut-être pas

envie de venir à ma fête.

Je suis certaine que si

mon anniversaire avait lieu au

centre d'escalade, elle aurait

raté sa partie de basketball

pour nous y accompagner.

Annabelle et Béatrice entrent dans la classe. Annabelle s'assoit à son pupitre, inquiète. Du coin de l'œil, elle aperçoit Béatrice qui la regarde. Béatrice semble vouloir lui dire quelque chose. Mais au même moment, leur professeur entre dans la pièce.

— Silence tout le monde, ordonne monsieur Canuel. Taisez-vous, s'il vous plaît !

Dès qu'il se retourne,
Béatrice saisit la main
d'Annabelle sous le pupitre
et la serre très fort.

— Ne t'en fais pas,
chuchote-t-elle. Après la partie,
je vais enfiler mes souliers de
course et me précipiter chez toi.

Annabelle ne peut se retenir
de sourire.

— Le terrain de basketball
est situé à environ vingt rues

de chez moi, murmure-t-elle.
Tu ne peux pas courir sur
toute cette distance !

— En fait, mon père
va probablement venir me
reconduire, reconnaît Béatrice.
Mais si nous sommes pris
dans un bouchon de
circulation, je vais sauter
de la voiture et courir le
restant du trajet. Je ne voudrai

pas rater une minute de plus
de ta fête !

— Béatrice ! l'interpelle
monsieur Canuel. Qu'est-ce
que je vous ai demandé ?

— Désolée, monsieur Canuel,
répond Béatrice.

Mais dès qu'il tourne le dos,
elle sourit à Annabelle.

— Je serai arrivée à temps
pour le gâteau, lui promet-
elle.

Annabelle lui sourit. Elle se sent beaucoup mieux. Bien sûr que Béatrice souhaite assister à sa fête mais la finale a lieu le même jour et elle doit y être.

Au moins, Annabelle a maintenant la certitude que son amie fera de son mieux pour arriver le plus tôt possible.

Chapitre quatre

Après l'école, Annabelle se rend à son cours d'harmonie. Ses amies de l'harmonie, Daphné et Félicia, sont déjà arrivées. Daphné joue de l'alto, et Félicia, du violoncelle.

Annabelle sort son violon.

Elle apprend à en jouer depuis plus d'un an.

Elle est très heureuse de faire partie de l'harmonie.

Ces jours-ci, ils répètent pour un concert qui s'en vient.

Il aura lieu à l'hôtel de ville et tout le monde devra être vêtu en noir et blanc, même leur chef d'orchestre, madame Boucher.

Annabelle est allée magasiner avec sa mère afin de trouver un ensemble qui sort de l'ordinaire. Elles ont déniché une longue jupe noire dont le rebord est orné d'un ruban ainsi qu'un chandail blanc avec un col en dentelle. Elles ont également acheté de jolies chaussures en cuir et des collants noirs.

Annabelle est toujours très concentrée lorsqu'elle répète avec l'harmonie. Elle connaît ses partitions de violon par cœur puisqu'elle s'exerce à la maison. Mais il y a plusieurs autres choses auxquelles elle doit penser quand elle joue avec les autres. Elle doit lire les notes sur la feuille et s'assurer de suivre le tempo même si ce n'est pas à son tour de jouer. Autrement,

elle pourrait rater son entrée.

Une fois qu'ils ont fini

de jouer toutes les pièces,

madame Boucher se met

à applaudir.

— Beau travail tout

le monde, dit-elle. Les

instruments à cordes se sont

particulièrement démarqués.

Daphné, Félicia et Annabelle

se sourient.

Elles font partie

des instruments à cordes !

Pendant la pause, Annabelle

sort les deux dernières cartes

d'invitation.

— C'est pour vous, lance-t-elle.

— Génial ! s'écrie Félicia
en regardant sa carte. Je n'ai
encore jamais assisté à
une fête mocktail. Est-ce qu'il
y aura des jeux ou des trucs
comme ça ?

— Hum... balbutie Annabelle.

Elle n'a pas encore réfléchi
aux jeux. À chacune de
ses fêtes, ils ont fait toutes
sortes d'activités comme le jeu

du chocolat et la chaise

musicale.

À sa fête d'école, ils se sont

adonnés à des jeux

d'animation dans la piscine,

même à passer le cadeau !

La mère d'Annabelle avait

enveloppé chaque couche

du paquet avec des sacs

en plastique afin d'éviter que

le cadeau soit trempé. Tout le

monde a ensuite convenu qu'il

était bien plus agréable de

jouer dans la piscine.

Mais Daphné et Félicia

sont un peu plus vieilles

que ses autres amies.

Elles trouveront peut-être

ces jeux trop enfantins.

Annabelle se rappelle

soudain ce qu'a dit

la Princesse des fêtes.

— Nous allons jouer

au croquet ! précise-t-elle.

Annabelle n'est pas tout à fait certaine de savoir ce qu'est le croquet, mais ça semble être un jeu pour grandes personnes.

— Oh, et vous savez quoi? ajoute Annabelle.

La nourriture sera servie sur des plateaux en argent!

— Quelle excellente idée! répond Daphné. Quelle sorte de nourriture?

— Je ne sais pas encore,
dit Annabelle. Mais ce ne sera
pas enfantin.

— J'ai hâte ! conclut Félicia
en souriant. J'ai l'impression
que ce sera vraiment cool !

Annabelle hoche la tête.

— Oh oui, ce le sera, dit-elle.

Enfin, je l'espère, pense-t-elle.

Pendant la deuxième partie
de la répétition de l'harmonie,
Annabelle ne joue pas très

bien. Elle rate ses entrées

et joue de fausses notes.

Le problème, c'est qu'elle

pense trop à sa fête.

Elle se demande où trouver

de l'information à propos

du croquet et quelle sorte

de nourriture elle devrait servir.

 Puis, pendant la dernière

pièce, une autre pensée

traverse l'esprit d'Annabelle.

Ce sont toujours les mêmes personnes qui assistent à ses fêtes depuis des années. Elles se connaissent toutes. Mais Félicia et Daphné ne les ont jamais rencontrées.

Et si Félicia et Daphné ne s'entendaient pas avec mes autres amies? s'inquiète Annabelle. Elles sont plus vieilles que tout le monde. Et elles n'aiment probablement pas la même musique non plus.

Mais il est trop tard pour changer quoi que ce soit. Il ne reste à Annabelle qu'à croiser les doigts et espérer que tout le monde s'entende.

Chapitre cinq

— Cet après-midi, nous
irons acheter la nourriture
pour ta fête, dit la mère
d'Annabelle au moment où
elle la laisse à l'école le jour
suivant. Dresse une liste

des choses dont nous aurons
besoin.

Normalement, la liste
d'épicerie en prévision
d'une fête est très simple.
Elles achètent des tartes,
des saucisses à hot dog,
des croustilles et des sucettes.
Sa mère cuisine des minipizzas
et Annabelle l'aide à préparer
des carrés aux Rice Krispies
au chocolat.

Quelques extras choisis en fonction du thème de la fête s'y ajoutent généralement. Pour la fête hawaïenne, il y avait des ananas et des brochettes de guimauves. À l'occasion de la fête d'hiver, elles avaient fabriqué des bâtons glacés en forme de boules de neige et d'arcs-en-ciel. Et pour la fête d'école, sa mère avait préparé un sac à lunch qui contenait

des tartines saupoudrées de

minuscules bonbons multicolores

pour chaque invité.

Sans compter le gâteau !

La mère d'Annabelle

possède un livre de recettes

de gâteaux. Chaque année,

Annabelle passe beaucoup

de temps à choisir celui qu'elle

souhaite que sa mère lui

prépare.

Pour la fête d'hiver, elle
avait opté pour un gâteau en
forme de pingouin. La mère
d'Annabelle avait mis de
la confiture bleue tout autour
pour donner l'impression que
le pingouin nageait dans l'eau.
Lorsque Annabelle a organisé
sa fête sur le thème de
la ferme, sa mère a cuisiné
un gâteau en forme de cochon
rose. Elle a aussi préparé de

petits gâteaux et les a décorés

de manière à ce qu'ils

ressemblent à des museaux

de cochons. Ainsi, tout

le monde a pu rapporter

un museau à la maison !

Mais cette année, Annabelle

souhaite faire les choses

différemment. C'est pourquoi

elle consulte à nouveau le site

de la Princesse des fêtes

pendant l'heure du dîner.

Annabelle ne sait pas

si elle aime toutes ces choses.

Mais la Princesse des fêtes

est une professionnelle, pense

Annabelle. Elle note donc

ses suggestions sur une feuille.

— OK Belle, lance sa mère
lorsque Annabelle monte
dans la voiture après l'école.
De quoi aurons-nous besoin?

Annabelle lit sa liste.
Sa mère sourcille.

— Es-tu certaine de vouloir
tout ça? demande-t-elle.
Je croyais que tu détestais
les olives.

— C'était le cas quand
j'étais jeune, mais je suis

certaine que je vais aimer ça maintenant, dit promptement Annabelle. Et j'adore les rouleaux de nori. J'en mange souvent chez Maïko.

— Nous pourrions peut-être demander à la mère de Maïko de nous aider à les préparer ? propose la mère d'Annabelle. Et nous pourrons faire les feuilletés au fromage et aux épinards nous-mêmes.

Annabelle hoche la tête.

Elle adore cuisiner.

Sa mère gare la voiture devant la pâtisserie. Dans la vitrine, il y a un gâteau comme celui que Béatrice a eu pour son anniversaire. Annabelle se presse le nez contre la vitre.

J'aimerais tant en avoir un semblable, pense-t-elle. Mais elle sait que sa mère a du plaisir à préparer ses gâteaux

d'anniversaire. Je ne dirai rien,
conclut Annabelle.

Puis tout à coup, les mots
sortent de sa bouche.

— Maman, est-ce que
je peux avoir un gâteau
de la pâtisserie cette année ?

La mère d'Annabelle regarde
par la vitrine de la pâtisserie.

— Ces gâteaux sont très
chers, Belle.

— Je sais. Mais j'en veux un !
la supplie Annabelle.

Puis elle a soudain une idée.

— Tu pourrais m'offrir
le gâteau comme cadeau
d'anniversaire ! lance-t-elle.

Sa mère éclate de rire.

— Tu ne veux pas vraiment
un gâteau comme cadeau
d'anniversaire, n'est-ce pas ?
demande-t-elle.

Annabelle hoche la tête
énergiquement et se met
à sautiller sur place.

— Oh oui ! S'il te plaît !

— OK, OK ! s'esclaffe
sa mère. Rentrons pour passer
notre commande.

Chapitre six

Les jours précédant la fête
d'anniversaire d'Annabelle
passent très, très lentement.
Une chance qu'elle doit
répéter pour le concert. Cela
la tient occupée, au moins.

Puis un matin, à son réveil,

Annabelle a une boule dans

l'estomac. Pourquoi suis-je

si énervée? se demande-t-elle.

Puis elle se souvient. C'est vrai,

c'est mon anniversaire!

Elle a un an de plus que

la veille. Comme c'est étrange!

Annabelle s'étend pendant

un moment et essaie

de déterminer si elle se sent

différente.

Elle agite les orteils. Ils ne semblent pas avoir changé. Puis elle regarde ses mains. Elles n'ont pas changé non plus.

Mais je me sens un peu différente, admet Annabelle. J'ai l'impression d'être un peu plus grande. Mais uniquement à l'intérieur, donc personne ne s'en rendra compte.

La mère d'Annabelle entre dans sa chambre. Elle tient un plateau dans ses mains.

— Bonne fête, Belle ! dit-elle en déposant le plateau sur son lit.

— Miam ! s'exclame Annabelle.

Elle lui a préparé son déjeuner préféré — du pain doré avec des bananes et du sirop d'érable ainsi qu'un verre de lait au chocolat.

— Ne lambine pas trop dans ton lit, dit sa mère. Nous avons beaucoup de choses à faire.

La sonnette de la porte retentit au moment où Annabelle termine son repas.

— J'y vais ! lance Annabelle en se levant d'un bond.

De toute façon, elle est trop énervée pour rester dans son lit. Elle ouvre la porte.

Une dame attend, et elle tient une boîte rose et dorée dans ses mains.

— Un gâteau pour madame
Beaulieu, déclare la dame
en souriant.

— C'est moi ! répond
Annabelle.

La dame lui remet la boîte.

Annabelle la transporte avec
précaution dans la cuisine.
Sa mère est là, et elle malaxe
une préparation verte
et blanche dans un bol.

— Qu'est-ce que c'est?
demande Annabelle
en plissant le nez.

— C'est le mélange
aux épinards et au fromage
pour les feuilletés, explique
sa mère. C'est sur notre liste,
tu ne te souviens pas?
As-tu changé d'idée?

— Non, non, s'empresse
de répondre Annabelle. Je ne
m'attendais pas à ce

qu'ils aient l'air aussi

dégoûtants. C'est tout.

— Ils n'auront pas l'air

dégoûtants une fois cuits,

ajoute sa mère.

Annabelle aide sa mère

à envelopper le mélange dans

des carrés de pâte filo.

Puis elles les mettent au four.

Lorsque la première fournée

est prête, la bonne odeur

embaume la pièce. Et en plus,

ils n'ont pas l'air dégoûtants

du tout !

Annabelle pense soudain à

quelque chose.

Elle se retourne vers sa mère.

— Sur quoi est-ce qu'on va

les servir ?

La Princesse des fêtes a dit

que la nourriture doit être

servie sur des plateaux

en argent. Mais Annabelle est

presque certaine qu'ils n'en ont pas.

— Que penses-tu de ceci ? demande sa mère en souriant.

Au grand étonnement d'Annabelle, sa mère tient deux grands plateaux en argent.

— Ils appartenaient à ta grand-mère, explique sa mère. Ils dorment dans l'armoire depuis des années. Je crois que ce sera l'occasion idéale de les réutiliser.

Les plateaux ont l'air un peu usés. Mais la mère d'Annabelle les nettoie jusqu'à ce qu'ils brillent. Elle termine à peine lorsque la mère de Maïko, madame Takasaka, arrive.

Madame Takasaka place un napperon de bambou sur

la table. Puis elle sort un sac de carrés en papier vert foncé.

— Ce sont les feuilles de nori, explique madame Takasaka. On en étend une feuille à la fois sur le napperon de bambou. Au centre, on dépose la garniture de son choix. On l'enroule, puis on coupe le rouleau en rondelles.

Ça semble facile quand c'est madame Takasaka qui le fait.

Mais quand vient le tour d'Annabelle, elle n'arrive pas à façonner de rouleaux. Et en plus, la garniture finit toujours par déborder aux extrémités.

— Il est peut-être trop gros, dit madame Takasaka.

Annabelle essaie de nouveau, en y déposant cette fois moins de garniture. Super ! le rouleau ne se défait pas. Madame Takasaka

le coupe en rondelles à l'aide
d'un couteau très coupant.

— Waouh ! s'exclame
Annabelle. On dirait
qu'ils sortent du restaurant !

Madame Takasaka rit.

— Goûtes-en un. Je suis
certaine que les nôtres
sont nettement meilleurs.

Annabelle en prend un.
Elle adore les rouleaux de nori.

Et ceux-là paraissent vraiment délicieux.

— Madame Takasaka, dit-elle avant de procéder à la dégustation, qu'est-ce que c'est de la nori, exactement?

— C'est une algue, répond madame Takasaka.

Annabelle regarde madame Takasaka d'un air horrifié. Madame Takasaka se met

à rire en voyant le visage

d'Annabelle se figer.

La mère d'Annabelle entre

dans la pièce.

— Belle ! Tu as vu l'heure ?
s'énerve-t-elle. Tu devrais
te préparer. Tes amis seront
bientôt ici. Nous nous
occuperons de terminer
les entrées.

Annabelle se précipite dans
sa chambre. Elle sort du tiroir
son chandail rose à col en V,
puis elle enfile sa jupe avec
une ceinture perlée. Il s'agit
de son ensemble préféré.

C'est toujours celui qu'elle porte lorsqu'il y a une fête.

J'ai besoin de quelque chose de différent pour cette fête-ci, conclut Annabelle.

Elle ouvre la garde-robe. Au premier regard, rien ne semble lui convenir. Puis, elle aperçoit ses nouveaux vêtements achetés pour le concert, suspendus tout au fond.

Elle touche le rebord
de la jupe. Le tissu produit
un joli bruissement lorsqu'elle
le glisse entre ses doigts.

— Je suis persuadée que
maman me laissera porter
mon ensemble aujourd'hui,
pense Annabelle.
C'est ma fête, après tout !

Elle s'habille en vitesse.

La sonnette de la porte
retentit au moment où

elle termine de se coiffer.
Annabelle se regarde
furtivement dans le miroir.
Le mercure est supposé être
élevé et ses vêtements neufs
sont plutôt chauds. Et en plus,
la jupe est un peu trop longue.
Mais ça lui est égal.

C'est l'ensemble idéal pour
une fête mocktail.

Chapitre
sept

Annabelle se précipite à
la porte. Son oncle Benoît et
Sophie sont là. Sophie porte
une jupe mauve à paillettes
et un chandail rose en satin.
C'est amusant de voir Sophie

aussi élégante. Elle a plutôt

l'habitude de se vêtir

d'un jean. Aujourd'hui,

elle porte même un collier !

— J'aime comment tu es

habillée, So ! lance Annabelle.

— Merci, répond Sophie.

J'ai tout emprunté à mon amie

Mégane.

— Et que penses-tu

de *mes* vêtements ? demande

oncle Benoît.

Annabelle le regarde de la tête aux pieds et éclate de rire. Oncle Benoît porte un smoking. Il a même un nœud papillon.

— Tu es aussi très beau, dit Annabelle en lui donnant un gros baiser.

Sophie remet un paquet à Annabelle.

— Bonne fête ! dit-elle.

Annabelle l'ouvre sur-le-champ.

À l'intérieur de la boîte se trouve un cadre double orné de perles et de coquillages. Dans l'un des cadres, il y a un portrait d'Annabelle, qui tire la langue à Sophie. Dans l'autre, il y a celui de Sophie, qui tire la langue à Annabelle.

Annabelle rit.

C'est parfois leur façon de se saluer.

Quel beau cadeau !

— J'ai décoré le cadre, explique Sophie.

— Et c'est aussi elle qui a dessiné les portraits, ajoute oncle Benoît.

Annabelle le dépose sur
la table d'appoint, puis
elle serre Sophie dans ses bras.

— Je l'adore ! Merci.

La sonnette retentit
de nouveau. Cette fois, il s'agit
de Maude, Delphine, Élodie et
Victoria. Chacune d'elles porte
une longue robe brillante
et plusieurs bijoux éclatés.

— Salut les filles ! s'écrie-
t-elle. Où est Béa ? Puis elle a

soudain un serrement au

cœur. Oh oui, c'est vrai.

Elle va venir plus tard.

Annabelle est triste pendant

un moment. Elle aimerait tant

que Béatrice soit déjà arrivée.

Mais pourquoi être triste

quand nos deuxièmes

meilleures amies sont là !

— Bonne fête ! crient-elles

avec entrain en donnant

des cadeaux à Annabelle.

Annabelle reçoit un CD
et des autocollants de la part
de Maude, un journal intime,
de Delphine, ainsi que
des bracelets et des barrettes
assorties, de Victoria
et d'Élodie.

— Merci ! dit Annabelle.
Hé, vous avez l'air vraiment
grandes dans cette tenue !

Ses amies échangent un
sourire complice, puis chacune
soulève le rebord de sa jupe.
Elles portent toutes
des souliers trop grands.

— On a emprunté des trucs
à ma sœur, explique Delphine.
Je ne sais pas comment
elle fait pour marcher avec

ces souliers. Ils sont tellement
inconfortables !

Arrivent ensuite quelques
filles qui sont dans leur classe.
Puis, c'est au tour de Maïko
et de Maïka. Daphné et Félicia
sont les dernières à se
présenter. Annabelle regarde
ses amies. Elle arrive à peine
à les reconnaître dans
leurs habits chics.

— Waouh, vous êtes
superbes ! dit-elle en souriant.

Puis oncle Benoît s'amène
avec un plateau en argent sur
lequel sont disposés des verres
remplis de boissons gazeuses
aux couleurs vives. Certains
mélanges sont rouge et rose.
D'autres sont vert et bleu.
Quelques-uns prennent
les couleurs de l'arc-en-ciel.
Il y a une paille dans chaque

verre, et même des parapluies miniatures dans certains d'entre eux.

— Cooooool ! s'exclament les invitées en chœur.

Maude a de la difficulté à se choisir une boisson.

— Je ne sais pas laquelle prendre ! affirme-t-elle. Elles ont toutes l'air très bonnes.

— Ne vous en faites pas, madame, dit oncle Benoît

d'une drôle de voix. Je vais
aller en chercher d'autres.

Maude ricane tandis qu'oncle
Benoît quitte la pièce.

— Le serveur m'a appelé
madame ! dit-elle.

— Ce n'est pas un serveur,
rigole Annabelle. C'est oncle
Benoît !

Elle prend une gorgée de
son mocktail. Il est délicieux.

Puis la mère d'Annabelle

entre avec un plateau de

nourriture dans chaque main.

Elle sourcille en apercevant

Annabelle porter ses vêtements

achetés pour le concert.

Annabelle rougit. Elle a

le mauvais pressentiment

que sa mère va lui demander

de se changer.

Mais sa mère dit simplement :

— Fais-leur attention,
d'accord ?

— Avez-vous des minipizzas,
Julie ? demande Delphine
à la mère d'Annabelle.

— Je l'espère, ajoute Victoria.
Vous faites les meilleures !

— Le menu est différent
cette année, explique la mère
d'Annabelle. Ici, vous avez
des feuilletés aux épinards
et au fromage.

Delphine et Victoria

les regardent d'un air hésitant.

— Je n'aime pas les épinards,

souffle Victoria.

— Annabelle, lance Delphine,

prends-en un et tu verras bien !

Annabelle en saisit un.

Les feuilletés paraissent

appétissants de l'extérieur.

Ils sont dorés et sentent très

bon.

Mais elle ne cesse de penser
à la garniture visqueuse verte
à l'intérieur.

J'ai juste à faire semblant
qu'ils goûtent bon, pense
Annabelle, un peu inquiète.

— Et puis? demande Victoria.

— En fait, ils sont délicieux!
dit Annabelle, rassurée.

Tout le monde prend
un feuilleté et n'en fait
qu'une bouchée. Puis, la mère

d'Annabelle présente

le plateau de rouleaux de nori.

— C'est Annabelle qui les a

faits ! déclare-t-elle.

— Miam ! dit Daphné.

Ce sont mes rouleaux préférés !

Tout le monde en attrape

un sans tarder.

— Je parie que vous ne savez

pas ce qu'est la nori, insinue

Annabelle tandis qu'elle prend

un rouleau.

Tout le monde sait que c'est une algue !

— Moi je le sais ! répondent Élodie et Sophie en même temps.

— C'est une algue ! ajoute Victoria.

Annabelle a l'impression d'être la seule personne au monde qui ne savait pas ce qu'était la nori ! Elle regarde

ses amies qui se resservent

encore et encore.

Bientôt, tous les feuilletés

et les rouleaux de nori se sont

envolés.

Les gens semblent s'amuser,

pense Annabelle.

Tout concorde pour que

la fête soit une réussite !

Puis soudain, le déroulement

de la fête change du tout au tout.

Chapitre
* huit *

Oncle Benoît arrive avec

un autre plateau de mocktails.

Annabelle choisit un verre

aux couleurs de l'arc-en-ciel

et prend une gorgée. Celui-ci

ne goûte pas aussi bon que

le précédent. Il est très,

très sucré. Habituellement,

Annabelle adore les aliments

sucrés. Mais cette boisson l'est

un peu trop à son goût.

Puis elle regarde ses amies.

Est-ce qu'elles s'ennuient ?

s'inquiète Annabelle. Je vais

mettre de la musique !

Elle se lève et se dirige vers

le lecteur de CD. Mais quel

disque devrait-elle faire jouer ?

J'aimerais tant que Béa soit ici, songe Annabelle.

Puis elle repense au disque que Maude lui a donné.

— Allez! lance Annabelle au moment où la chanson commence. Venez danser!

— Est-ce qu'on pourrait écouter autre chose? se plaint Daphné. Je déteste cet album!

Maude a l'air étonnée.

— Comment peux-tu le détester? C'est le meilleur du monde!

— Je trouve que les paroles sont stupides, répond Félicia. Et en plus, ce n'est pas de la musique pour danser.

— Et il fait trop chaud pour danser, de toute façon, ajoute Maïka. Pourquoi est-ce qu'on n'irait pas se baigner à la place?

Oh non ! Mes amies se disputent !

Mes amies se disputent !
pense Annabelle.

C'est exactement ce qu'elle
redoutait le plus. Elle aimerait
tant que Béatrice soit là.
Elle saurait quoi faire.

Puis Delphine se lève
d'un bond.

— On peut très bien danser sur cette musique, affirme-t-elle. Regardez-moi !

Elle commence à faire une danse très amusante. Elle agite les bras et saute dans tous les sens.

C'est tellement drôle que les gens en ont le fou rire. Peu de temps après, tout le monde danse avec elle. Même Daphné et Félicia.

Après quelques chansons,
Delphine s'affale
sur le canapé.

— Je dois m'arrêter de
danser, dit-elle. Je crois que
les mocktails sont en train de
se transformer en lait frappé
dans mon estomac !

— Moi aussi ! ajoute Maude
en s'assoyant par terre.

Les autres ne tardent pas à
s'asseoir.

— Mon estomac fait glouglou !
déclare Félicia en riant.

— Le mien aussi ! réplique
Élodie. Je peux sentir toute
cette bonne nourriture et
les nombreux mocktails
ballotter dans mon ventre.

Puis oncle Benoît apparaît
soudainement.

— Est-ce que quelqu'un
voudrait un autre mocktail ?
demande-t-il.

— Nooooooon ! se plaignent-
elles en chœur.

— Allons dehors,
lance Sophie.

— Nous pourrions jouer au
jeu dont tu nous as parlé, dit
Daphné à Annabelle. Le crochet?

Annabelle ne saisit pas
immédiatement ce que
Daphné essaie de lui dire.
Puis, elle réalise qu'elle parle
du croquet. Mais Annabelle

a oublié de se renseigner

à savoir ce qu'est le croquet !

— Préférez-vous jouer à la

chaise musicale ? propose-t-elle.

Oncle Benoît s'affaire à

rassembler les verres vides.

— Les filles, dit-il en se

penchant vers elles, venez avec

moi à l'extérieur.

Sans poser de questions,

tout le monde le suit jusqu'à

la cour arrière. Annabelle se

sent déjà mieux au contact de l'air frais. Puis elle remarque quelque chose d'étrange dans la cour. Plusieurs petits arceaux en métal sont enfoncés dans le sol. Des marteaux en bois munis de longs manches sont alignés contre la clôture.

— Que se passe-t-il, oncle Benoît ? murmure Annabelle.

— C'est un jeu de croquet, répond oncle Benoît. Je te

l'offre en cadeau. Ça fait
des années que je n'ai pas
joué. Mais je suis certain que
je me souviens des règles.

— Merci oncle Benoît,
dit Annabelle en le serrant
dans ses bras.

C'est un oncle formidable !

Il s'avère que le croquet
est un jeu plutôt amusant.
Les marteaux se nomment
des maillets, et on s'en sert

pour frapper la boule dans les arceaux. Puis oncle Benoît a ajouté une règle supplémentaire. Chaque fois qu'une personne fait passer la boule sous un arceau, elle doit coasser comme une grenouille !

— J'adore ce jeu ! clame Félicia.

— C'est cool, non ? convient Maude. Mais ça irait mieux sans ces souliers ridicules.

Elles retirent leurs chaussures
et poursuivent le jeu pieds nus.

C'est génial, pense
Annabelle, heureuse.

Puis soudain, Maude se met
à crier.

— Whouaaah !

La mère d'Annabelle sort

de la maison en courant.

— Que se passe-t-il ?

Annabelle devine que Maude

se retient très fort pour ne pas

pleurer.

— Mon pied fait vraiment,

vraiment mal, dit-elle

d'une voix chevrotante.

La mère d'Annabelle examine

rapidement le pied de Maude.

— C'est une piqûre d'abeille, tranche-t-elle. Tu devrais rentrer à l'intérieur et te reposer quelques minutes. Les autres, attendez ici. Je reviens avec le gâteau !

Pauvre Maude, songe Annabelle. Les piqûres d'abeilles sont très douloureuses !

Et pire encore, elle ne verra même pas le gâteau.

Chapitre neuf

— Le voilà ! s'écrie Daphné.

La porte de derrière s'ouvre,

puis oncle Benoît s'avance

avec le gâteau. Il est orné

de merveilleuses bougies. Tout

le monde chante Bonne fête

pendant qu'oncle Benoît
dépose le gâteau sur une table
pliante placée devant
Annabelle.

Annabelle a toujours adoré
ce moment de la fête.
Mais aujourd'hui, elle ne
l'apprécie pas autant qu'à
l'habitude. On dirait
qu'il manque quelque chose.
Annabelle comprend soudain
de quoi il s'agit.

Béatrice n'est pas encore arrivée !

Elle a peut-être décidé de ne pas venir en fin de compte, pense Annabelle, déçue.

Une fois la chanson terminée, quelqu'un lance bien fort : « Hip hip hip ! »

— Hourra ! crient les autres en chœur.

— Hip hip hip ! répète la personne.

Annabelle regarde autour d'elle. La voix semble venir de l'autre côté de la clôture. Puis, c'est à son tour de crier « Hourra ! ». En effet, la porte s'ouvre et Béatrice apparaît.

Béatrice porte encore ses vêtements de basketball. Elle a le visage rouge écarlate.

— Avez-vous gagné ? demande Annabelle.

Béatrice grimace légèrement.

— Bien, en fait... répond-elle
d'une voix hésitante.

Le cœur d'Annabelle fait
un bond. Pauvre Béa ! Elle doit
avoir perdu. Quel dommage !

Puis soudain, Béatrice
la cachottière arbore un large
sourire.

— On a gagné !

— C'est formidable !
dit Annabelle en sautillant.

— Est-ce que tu souffles
tes bougies? demande oncle
Benoît. Le gâteau va bientôt
prendre feu !

— Oups ! s'excuse Annabelle.

— N'oublie pas de faire
un vœu ! lui rappelle Maude,
qui se joint aux autres
en boitillant.

Annabelle ferme les yeux
et pense vite à un souhait. Elle
demande toujours un poney.

Mais aujourd'hui, elle décide

de faire un vœu différent.

Elle se tourne rapidement

et souffle d'un coup toutes

les bougies.

Je souhaite...

Bonne fête!

J'aimerais que

mon anniversaire ne se termine

jamais !

La mère d'Annabelle lui tend un couteau avec un ruban rose enroulé autour du manche. Tandis qu'elle coupe le gâteau, Annabelle s'assure de ne pas toucher le fond afin que son vœu se réalise.

Puis sa mère coupe le gâteau en pointes, qu'elle distribue ensuite aux invités.

Béatrice prend une bouchée.

— Hé, il goûte la même
chose que le gâteau que j'ai eu
pour ma fête ! lance-t-elle.

— On l'a acheté à la
pâtisserie, explique Annabelle.
Il est tellement bon, n'est-ce
pas ?

— C'est vrai qu'il est bon,
convient Béatrice. Mais ceux
de ta mère sont encore
meilleurs.

— Ouais, ajoute Maïko.
Les gâteaux de ta mère sont
difficiles à battre. J'adore
les formes et les couleurs
qu'elle leur donne.

— Moi aussi, ajoute Élodie.
Et cette année encore, j'aime
tes cartes d'invitation. Je les ai
toutes gardées !

Annabelle regarde ses amies.
Elle est trop estomaquée pour
dire quoi que ce soit. Est-ce

que tout le monde s'entend

pour dire qu'ils ont aimé

les fêtes qu'elle a données

dans le passé?

— Je crois… commence-t-elle.

Mais Annabelle n'a pas

le temps de terminer sa phrase

puisque Sophie crie:

— Regardez!

Annabelle se retourne

rapidement.

La table pliante sur laquelle ils ont déposé le gâteau penche soudain dangereusement.

— Oh non ! arrive à articuler Annabelle.

Elle se précipite pour attraper le gâteau au vol. À peine a-t-elle amorcé sa course qu'elle se prend les pieds dans le rebord de sa jupe et tombe la tête la première.

La seconde d'après,

le gâteau s'écrase au sol juste

à côté d'elle.

— Est-ce que ça va ?

demande Maïko, en aidant

Annabelle à se relever.

Annabelle regarde ses vêtements. Il y a une énorme tache verte sur son chandail, et un trou dans sa jupe.
Et du gâteau d'anniversaire partout !

Quand maman va voir dans quel état sont les vêtements qu'on vient d'acheter pour le concert, je vais avoir de gros ennuis, pense Annabelle les larmes aux yeux.

C'est alors qu'Annabelle décide qu'elle en a assez de cette fête. Cette journée est supposée se dérouler parfaitement. Mais tout va de travers depuis le début.

Annabelle se précipite dans la maison, puis dans sa chambre. Elle se change rapidement et s'affale sur son lit.

C'est étrange. Quelques instants plus tôt, elle a souhaité que sa journée d'anniversaire dure toujours. À présent, elle a hâte qu'elle soit terminée.

Chapitre dix

Annabelle aperçoit son violon dans son étui. Elle le prend. Jouer de la musique l'aide tout le temps à se sentir mieux. Mais aujourd'hui, ça ne l'aide que très peu.

Décidément pas assez pour qu'elle veuille retourner à l'extérieur.

Elle joue pendant un moment. Puis, quelqu'un frappe à la porte.

— Est-ce que je peux entrer ? demande la mère d'Annabelle.

Annabelle examine ses vêtements pour le concert et se roule en boule sur le sol. Elle ne veut pas que sa mère

les voit dans ce piteux état.

Mais cela ne sert à rien

de les cacher. Elle finira par

les voir un jour ou l'autre.

— OK, dit Annabelle.

Sa mère entre et s'assoit

à ses côtés.

— Tu joues tellement bien,
Belle, la complimente-t-elle.
J'ai hâte de t'entendre
au concert.

— Je ne pourrai pas y assister,
dit tristement Annabelle.

— Pourquoi ? demande
sa mère, étonnée.

— Parce que j'ai abîmé
mes vêtements pour
le concert, avoue Annabelle
en les lui montrant.

La mère d'Annabelle
examine la tache de gazon
et le trou.

— Tu sais, ce n'est pas
si pire que ça. Je crois que
je peux faire disparaître
la tache de gazon. Je peux
également raccommoder
le trou. Tu vas oublier qu'il
existe. De plus, ajoute-t-elle,
tu dois jouer au concert afin
de pouvoir porter ceci.

Elle tend à Annabelle
une petite boîte bleue ornée
d'un ruban mauve.

Annabelle est déconcertée.

— Mais je croyais que c'était
le gâteau, mon cadeau de fête,
dit-elle.

— Ce n'est pas vraiment
un cadeau de fête, explique sa
mère. C'est pour te démontrer
à quel point je suis fière que
tu donnes ton premier concert.

Annabelle ouvre la boîte.

Il s'agit d'un petit médaillon
en forme de clé de sol attaché
à une chaîne.

— C'est tellement joli !
s'extasie Annabelle. Est-ce que

Je l'adore !

je peux le porter maintenant ou
si je dois attendre au concert?

— Tu peux le porter
maintenant, dit sa mère
en riant. J'ai quelque chose
d'autre à te montrer.

Annabelle suit sa mère
dans la cuisine. Toutes
ses amies sont attroupées
autour de la table.

— Que se passe-t-il?
demande Annabelle.

Ses amies reculent.
Annabelle n'en croit pas
ses yeux. Sur la table se trouve
un tout nouveau gâteau
de fête ! Il a la forme d'un
château avec plusieurs
tourelles pointues.

— Est-ce que tu l'aimes ?
demande Béatrice. On a utilisé
de la crème glacée.
Et les tourelles sont fabriquées
avec des cornets.

— Ouais, qu'est-ce que tu en penses ? réplique Maude. Le trouves-tu aussi beau que l'autre ?

Annabelle regarde le gâteau. Il a déjà commencé à fondre. Sur le côté, quelqu'un a inscrit « Bonne fête Belle » avec des pépites de chocolat. Certaines lettres sont beaucoup plus grosses que les autres.

Annabelle regarde ses amies.

— Vous rigolez? dit-elle. Il est *mille fois* plus beau que l'autre !

— Hé ! lance Béatrice.

Ça veut dire qu'on peut à nouveau chanter Bonne fête ! Mais chantons-le d'une manière différente cette fois.

Elle commence à chanter, puis les autres lui emboîtent le pas. Même la mère d'Annabelle se met de la partie !

Bonne fête à toi

Les cadeaux sont pour moi

Moi je mange le gâteau

Toi tu lèches le couteau !

Une fois la chanson

terminée, tout le monde

applaudit et acclame

Annabelle encore plus fort.

— Mangeons le gâteau !

dit la fêtée.

Puis, elle prend une tourelle

en cornet et s'en sert pour

ramasser de la crème glacée
du château.

— Cool ! rigole Victoria
en saisissant une tourelle.

Bientôt, tout le monde lèche
son cornet de crème glacée.

— Que diriez-vous que nous
allions nous baigner ?
propose Élodie.

— Bonne idée, approuve
Sophie en se dirigeant

à l'extérieur. Puis elle

s'immobilise.

— Une minute… Aucune

de nous n'a apporté

son maillot de bain.

— Attendez! dit Annabelle

en sortant de la pièce en coup

de vent.

Elle court jusqu'à

sa chambre et saisit tous

les t-shirts qu'elle trouve.

Cinq minutes plus tard,

toutes les filles sont dans

la piscine. Annabelle ne peut

se retenir de rire. C'est

tellement drôle de voir

ses amies nager dans

ses vêtements.

Béatrice vient la rejoindre.

— J'aurais aimé être là

depuis le début, dit-elle.

Tout le monde ne cesse

de me dire à quel point ta fête

a été réussie.

Annabelle est étonnée.
Elle pensait que sa fête avait
été un désastre. Mais elle se
remémore sa journée.
Quelques imprévus sont
survenus, par exemple lorsque
Maude s'est fait piquer
par une abeille. Pire encore,
le gâteau qui s'est effondré.
Mais il s'est également passé
plusieurs belles choses.

Elle regarde ses amies s'amuser dans la piscine. Sophie et Maïko essaient toutes les deux de s'asseoir sur le matelas gonflable, mais elles tombent sans cesse. Delphine apprend sa danse rigolote aux autres. C'est encore plus drôle dans l'eau.

— J'imagine que la fête *a été* une réussite, répond Annabelle en souriant. Mais je me

demande ce que la Princesse des fêtes en penserait?

— On se moque bien de ce qu'elle pense! s'écrie Béatrice. Tu en connais plus qu'elle sur les fêtes, de toute façon!

Le club super secret

PAR
CHRISSIE PERRY

Traduction de VALÉRIE MÉNARD

Révision de GINETTE BONNEAU

Illustrations de ASH OSWALD

Graphisme de NANCY JACQUES

Chapitre
* un

Mathilde enjambe une pile de boîtes pour accéder à sa nouvelle chambre. Elle regarde la cour arrière par la fenêtre. Maya, son petit terrier écossais noir, court dans tous les sens et renifle le sol. Maya

semble heureuse d'être

déménagée.

Mathilde n'est pas encore

sûre de l'être.

D'une part, elle est excitée.

Elle commence une nouvelle

vie, et il y a des millions

de choses à découvrir

dans une ville étrangère.

Mais derrière le sentiment

d'excitation se cache

une grande nervosité.

Mathilde est toujours gênée avec les gens jusqu'à ce qu'elle apprenne à les connaître. Ainsi, lorsqu'elle fera son entrée à l'école demain, elle ne connaîtra *personne*.

Mathilde entend les pas de son père. Il apparaît soudain dans l'embrasure de la porte.

— Qu'est-ce que tu en penses, ma chérie? demande-t-il.

Mathilde hausse les épaules.

— C'est une jolie chambre,
papa, répond-elle.
Mais je ne m'y sens pas
comme chez moi.

— Laisse-toi du temps,
Mathilde, ajoute-t-il en tapant
sur une boîte. Lorsque
tu auras fini de déballer
tes vêtements et tes jeux,
tu te sentiras plus chez toi.

— Dois-je vraiment te croire papa? le taquine Mathilde. Avoue que tu essaies simplement de me refiler tout le travail !

— Et pourquoi ferais-je
une chose pareille? dit-il
en lui faisant un clin d'œil,
avant de quitter la chambre.

Mathilde prend la boîte
qui se trouve sur le dessus de
la pile et la dépose sur le tapis.
Elle contient toutes les affiches
et les photos qu'elle possédait
dans son ancienne chambre.

Elle sait soudainement
ce qui l'aiderait à se sentir

chez elle. Elle pose d'abord une affiche de Britney Spears au-dessus de son lit, puis celle de Hannah Montana sur le mur voisin. Mathilde ignore si ces deux filles sont amies dans la réalité, mais dans sa chambre, elle se plaît à penser qu'elles sont inséparables.

Mathilde regarde de nouveau dans la boîte. Elle ne peut croire qu'elle a gardé certaines images. Il y a même une affiche géante des Teletubbies. Il est *absolument* hors de question qu'elle la pose dans sa nouvelle chambre.

Mathilde doit trier plusieurs photos avant de tomber sur celle qu'elle cherche.

Après l'avoir trouvée, elle s'assoit sur le lit pour la regarder. C'est son grand frère, Julien, qui la lui a

réalisée. Julien a pris
une image de Marie-Mai
sur un site Internet, puis il y a
inséré une photo de Mathilde.
On dirait que Marie-Mai
enlace Mathilde pour de vrai,
comme si elles étaient les
meilleures amies du monde.

C'est la photo la plus
géniale de la planète !

Julien est un expert
en matière d'ordinateurs.

Mathilde l'a longuement
supplié pour qu'il lui fasse
ce montage. Elle a dû lui
promettre de ranger sa chambre
pendant un mois. Elle a même
ramassé ses retailles d'ongles
d'orteils sur le sol. Niveau
de dégoût? Dix sur dix!
Mais ça en a valu la peine.

Mathilde essaie de poser
la photo sur le mur. Elle doit
s'y prendre à plusieurs

reprises, car la gommette

ne colle presque plus.

Elle se recule pour

la regarder. Elle se sent de plus

en plus dans sa chambre.

— N'oublie pas de

suspendre ton uniforme

scolaire ! crie son père du bas

de l'escalier. Sinon, il sera tout

froissé demain.

Mathilde ouvre une autre

boîte, puis elle aperçoit

son uniforme au-dessus
de ses vêtements de tous
les jours. Cela lui fera bizarre
de le porter demain.

À son ancienne école,
elle portait toujours le chandail
de l'école avec son jean favori
et ses espadrilles. Parfois,
elle téléphonait à sa meilleure
amie, Camille, et elles
s'habillaient de la même
manière pour aller à l'école.

Elle portera désormais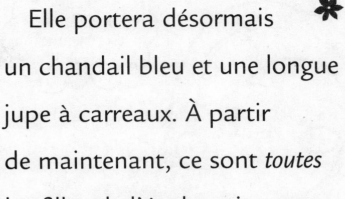
un chandail bleu et une longue
jupe à carreaux. À partir
de maintenant, ce sont *toutes*
les filles de l'école qui seront
vêtues de la même façon !

Mathilde enfile l'uniforme
et s'examine dans le miroir.
Elle a l'impression d'être face
à une inconnue. Au même
moment, Maya bondit dans
la chambre.

C'est une nouvelle vie qui commence, Maya !

— Qu'en penses-tu, Maya ?
demande Mathilde.

Maya gémit et enfonce

son museau sous le lit de

Mathilde. Mathilde la tire de là.

— Je sais, je n'aime pas ça
non plus, affirme-t-elle.
Ce n'est pas très *personnalisé*!
Mais je suis toujours la même
personne. Ne t'en fais pas.
Au moins, demain, je passerai
inaperçue à l'école.

À première vue, Maya
ne semble pas convaincue.
Mais elle se met aussitôt
à agiter la queue comme elle
le fait normalement.

Mathilde s'accroupit pour
la caresser. Tandis qu'elle
se relève, sa main frôle
une pochette dissimulée
à l'intérieur de la jupe.

— Regarde, Maya,
une pochette secrète !
murmure-t-elle.

Maya aboie doucement,
comme si elle essayait de lui
répondre en langage des chiens.

— Le souper est prêt !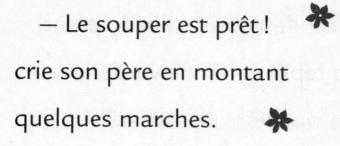
crie son père en montant
quelques marches.

Tandis que Julien glisse sur
la main courante de l'escalier,
Mathilde entend un sifflement
suivi d'un bruit sourd
au moment où il atterrit.

Mathilde enlève la jupe.
Tandis qu'elle s'apprête
à la ranger dans le placard,
la photo d'elle et de Marie-Mai

décolle du mur. Elle la prend, la replie, puis elle l'insère dans sa pochette secrète.

Elle sera heureuse de l'avoir avec elle demain. Ce sera une sorte de porte-bonheur.

Chapitre
deux

À leur arrivée à l'école, le père

de Mathilde va rejoindre

les autres parents, tandis que

Mathilde se promène parmi

une mare d'uniformes. Elle ne

comprend pas pourquoi

la réunion se déroule à l'extérieur, sur le terrain de basketball. À son ancienne école, les réunions avaient toujours lieu dans la grande salle.

Mathilde soupire. Elle devra s'habituer à beaucoup de nouvelles choses.

Un groupe de garçons accompagne les enseignants à l'avant. L'un des enseignants abaisse le microphone afin qu'un petit garçon puisse parler.

— Samedi, nous avons joué au football contre les Démons de l'école Vadeboncœur. Nous les avons battus de 10 points ! Daniel Rancourt a été élu joueur du match.

La foule se met à applaudir. Les garçons s'assoient, puis quelques filles se dirigent vers l'avant. D'après Mathilde,

elles semblent avoir son âge.

Elle se demande si elles sont

dans sa classe. L'une des filles

tapote sur le microphone.

Sa chevelure brune est coiffée

de plusieurs petites couettes

qui sont éparpillées un peu

partout sur sa tête.

Un sourire apparaît sur

le visage de Mathilde.

Même quand on doit porter

Les filles de cette école ont l'air cool !

un uniforme, il existe

des façons de faire ressortir

sa personnalité, pense-t-elle.

— Test. Un. Deux. Trois,

dit la fille.

Quelques personnes rient.

— Samedi, notre équipe

de basketball a joué contre

les Aigles de l'école Aubrun,
se vante-t-elle. Nous avons
perdu par 23 points, ce qui
représente notre meilleur
résultat jusqu'à ce jour !

Cette fois, tout le monde
éclate de rire.

Mathilde se met également
à rire alors que les filles
se retournent en souriant.

— Merci Heidi, annonce
l'enseignant en secouant

la tête. À présent, j'aimerais
que vous accueilliez une
nouvelle élève à notre école.
Mathilde Racine sera dans
la classe de madame Vézina.

— Viens nous rejoindre,
Mathilde.

Mathilde regarde ses pieds
en essayant de les guider
jusqu'à l'avant. Son visage
brûle tandis qu'elle se tient
debout devant toute l'école.

Elle ne sait pas ce qu'elle doit faire. Elle les salue donc tous de la main. Les élèves l'acclament chaleureusement.

Et moi qui croyais passer inaperçue, songe-t-elle.

Chapitre *trois*

Après la réunion, un groupe de filles s'attroupe autour de Mathilde.

— Pourquoi es-tu déménagée ici? demande l'une d'entre elles.

— Tu as de beaux cheveux bouclés. Est-ce que c'est naturel? l'interroge une autre.

— C'est super, tu es dans notre classe! Madame Vézina est la meilleure enseignante, n'est-ce pas? demande une fille coiffée de deux tresses foncées.

Mathilde ignore par où commencer. Elle est gênée que tout le monde la regarde.

— Ma mère est médecin, et nous sommes déménagés ici car elle s'est trouvé un nouvel emploi, commence-t-elle.

Mais avant qu'elle puisse ajouter quoi que ce soit,

Heidi, la fille aux multiples couettes, l'entraîne jusqu'aux casiers.

— Regarde, dit-elle, nous t'avons fabriqué un carton d'identité pendant le cours d'arts la semaine dernière.

Heidi pointe une patère au-dessus de laquelle est apposé un carton avec le nom de Mathilde et le dessin d'une marguerite jaune.

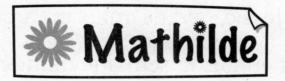

Mathilde

— Merci, lance Mathilde
en souriant. C'est très joli.

Mathilde se sent bien.
Les filles sont gentilles
de l'accueillir ainsi.

Mathilde suit Heidi dans
la classe.

— Je t'ai gardé une place
juste à côté de moi, précise
Heidi. C'était la chaise

de Jessica avant, mais on a eu des ennuis la semaine dernière, et madame Vézina lui a demandé de s'asseoir là-bas.

Heidi pointe une autre table du doigt. Une fille aux cheveux bruns tire une chaise vers elle. Mathilde lui sourit. Jessica lui lance un regard étrange qui ne ressemble en rien à un sourire.

Jessica dépose bruyamment ses livres sur la table

au moment où elle s'assoit.

Les autres élèves sursautent

et tout le monde la regarde,

sauf Heidi, qui continue

de parler. ✿

— Bon, ça te fera beaucoup

de noms à mémoriser,

dit gentiment Heidi. ✿

Elle prend la main de

Mathilde, puis elle l'entraîne

à l'arrière de la classe. ✿

— Donc si tu ne te souviens plus d'un nom, tu peux venir regarder sur ces photos.

Les photos de tous les élèves sont épinglées sur le mur.

— Merci, murmure
Mathilde. Je crois que je les
consulterai souvent au début.

— Tu devras aussi en
apporter une, souligne
une voix derrière elle.

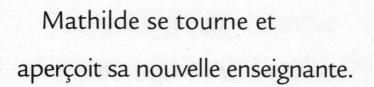

Mathilde se tourne et
aperçoit sa nouvelle enseignante.

En entendant son nom à la
réunion, Mathilde s'attendait
à ce que madame Vézina soit
une vieille dame aux cheveux

blancs. Ce n'est vraiment pas le cas. Elle est plutôt jeune pour une enseignante. Elle a les cheveux coupés au carré et porte des lunettes à la mode.

— Et Jessica, n'oublie pas que les enseignants ont des yeux tout le tour de la tête, ajoute madame Vézina.

Mathilde se retourne juste à temps pour apercevoir Jessica baisser les yeux.

Les autres enfants qui sont assis à sa table rient.

Elle a la nette impression que Jessica lui a tiré la langue dès qu'elle a eu le dos tourné.

Elle est heureuse de se mettre au travail. Pendant ce temps, elle cesse de se demander pourquoi Jessica est si méchante. Elle est cependant moins heureuse de débuter par les maths.

Mais ils font ensuite
de la compréhension de texte.
Le temps file rapidement.

La cloche sonne avant
même que Mathilde se rende
compte que c'est l'heure
d'aller se dégourdir.

— Est-ce que c'est déjà
l'heure du goûter? demande
Mathilde.

Tous les élèves assis
à sa table éclatent de rire.

— Pourquoi vous riez? s'énerve Mathilde.

— Nous appelons ça « la récréation », l'informe Mélina.

— Mais « goûter » est *si* mignon ! ajoute Heidi. Je m'imagine des biscuits et des muffins miniatures.

Mathilde essaie de sourire. Mais elle s'ennuie soudainement de son ancienne école et de ses amis. Tout le monde

appelait ça le «goûter» là-bas.
Elle se demande combien
de choses seront différentes
dans sa nouvelle école.
Elle devra peut-être apprendre
un tout nouveau langage!

Chapitre quatre

— Dépêche-toi de manger,
sinon nous n'aurons pas
le temps de jouer à la corde
à sauter, souligne Heidi.

Mathilde se met à rire.
Des morceaux de carotte

mâchée s'échappent

de sa bouche et se retrouvent

sur le chandail de Heidi.

— Beurk! Dégoûtant!

s'esclaffe Heidi.

— Je suis désolée, s'excuse

Mathilde, mais tu me fais

tellement penser à

ma meilleure amie, Camille.

Elle me disait toujours de

me dépêcher de manger.

— Les grands esprits se rencontrent, lance Heidi. Camille doit être intelligente. Est-ce qu'elle aime se faire cracher des morceaux de carotte sur son chandail?

— Elle préfère les sandwichs aux œufs, répond Mathilde.

Elles éclatent de rire toutes les deux au moment où Jessica et Mélina arrivent. Jessica

transporte une longue corde
à sauter.

— Les filles, Mathilde peut
jouer à la corde à sauter
avec nous, n'est-ce pas?
demande Heidi.

Mélina hoche la tête tandis
que Jessica hausse les épaules.

— Nous vivons dans un pays
libre, dit Jessica. Machin
Chouette peut tourner
la corde.

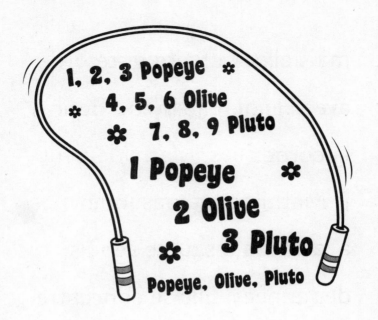

1, 2, 3 Popeye ✳
✳ 4, 5, 6 Olive
✳ 7, 8, 9 Pluto
1 Popeye ✳
2 Olive
✳ 3 Pluto
Popeye, Olive, Pluto

— Je m'appelle Mathilde, réplique-t-elle, peinée.

Jessica lève les yeux au ciel, puis lui tend la corde. Mathilde n'est pas certaine de vouloir jouer avec Jessica,

mais elle souhaite rester
avec Heidi. Elle prend donc
la corde.

Mathilde n'a pas joué
à la corde à sauter depuis
des années. Elle se concentre
pour comprendre les règles
du jeu.

Le jeu se déroule comme suit:

Si on rate à Popeye, on doit
se mettre à remuer tout
son corps, comme si on avait

une crise de folie. À Olive,
on doit écarter les jambes
à chaque saut. Mais le plus
amusant, c'est lorsqu'on rate
à Pluto. On doit alors
continuer de sauter après
notre tour.

Jessica rate à Pluto.
Pendant qu'elle saute, ses bas
descendent jusqu'à ses chevilles.
Mathilde remarque qu'elle
porte une chaîne de cheville.

Il s'agit d'une chaîne de couleur argent de laquelle pendent deux petits « S ».

C'est ensuite au tour de Mélina de sauter. Mathilde

s'arrête presque de tourner
la corde lorsqu'elle remarque
que Mélina porte une chaîne
identique à la cheville.

Au moment où Heidi
s'élance, Mathilde examine
ses chevilles attentivement.
Heidi porte également
une chaîne de cheville pareille
à la leur !

C'est finalement au tour
de Mathilde de sauter.

Elle n'est pas très bonne.
Elle ne parvient pas à suivre
le rythme de la chanson.
Elle se demande pourquoi
les trois filles portent toutes
cette chaîne de cheville.

Qu'est-ce que cela signifie?

Elle s'assurera de poser
la question à Heidi lorsque
Jessica ne sera pas dans
les environs.

Chapitre cinq

Mathilde apporte le téléphone

dans sa chambre, puis

elle compose le numéro

de Camille.

— MATHILDE ! hurle

Camille. COMME TU ME

MANQUES! COMMENT VAS-TU? COMMENT VA MON CHIEN PRÉFÉRÉ? T'ES-TU FAIT DE NOUVEAUX AMIS?

Mathilde tient le téléphone loin de son oreille.

— Oui, en quelque sorte,

répond Mathilde. Il y a

une fille qui s'appelle Heidi.

Elle me fait un peu penser

à toi. Elle est drôle comme toi.

Et en plus, elle habite

sur la même rue que moi.

— C'EST SUPER! TU POURRAS

JOUER AVEC ELLE LES FINS

DE SEMAINE, crie Camille.

— Tu n'as pas besoin

de crier, Camille, la taquine

Mathilde. Je t'entends très, très bien.

Mathilde entend Camille rire à l'autre bout du fil. C'est le plus beau son qu'elle a entendu cette semaine.

— OK, est-ce que c'est mieux? demande Camille sur un ton normal.

— Oui, beaucoup mieux, dit Mathilde en riant.

— Est-ce que les filles sont gentilles ? l'interroge Camille.

Mathilde se remémore sa première semaine à l'école. Elle a joué avec Heidi, Mélina et Jessica tous les jours. Heidi et Mélina ont toutes les deux été super gentilles avec elle.

Mais Jessica a toujours l'air de mauvaise humeur. Elle lève sans cesse les yeux au ciel

devant Mathilde et fait
semblant d'oublier son nom.

Il lui arrive également d'être
méchante avec Heidi et Mélina
sans aucune raison.

— Heidi et Mélina sont
toutes les deux très gentilles,
explique Mathilde. Mais je
crois que Jessica ne m'aime
pas beaucoup. Elle peut même
être vraiment méchante. Puis
il y a quelque chose d'étrange.

Toutes les trois possèdent
une chaîne identique à
la cheville, avec deux pendentifs
en forme de S. Ce sont
mes seules amies ici, mais j'ai
l'impression qu'elles sont
dans un club secret et qu'elles
me mettent à part.

Mathilde entend un bruit de
froissement dans le combiné.

— Attends, dit Camille.
Je dois réfléchir.

Mathilde sourit. Camille mange toujours des croustilles quand elle doit résoudre un problème. Elle s'imagine Camille qui mange ses croustilles à l'autre bout du fil tout en réfléchissant.

— J'aimerais en discuter avec Heidi, dit Mathilde. Mais Jessica est toujours là, et je ne veux pas aborder le sujet devant elle. Je pense que ça lui

donnerait une raison

de m'arracher la tête !

— C'est un club secret !

lance Camille. Voilà de quoi

il s'agit.

— Alors, d'après toi, que

signifient les deux S ? demande

Mathilde.

— Je ne sais pas, répond

Camille. Mais tu *dois* le

découvrir. Et tu *dois* également

en faire partie. Sinon,

tu passeras à côté de toutes
sortes de péripéties!

Maya se met soudainement
à aboyer. Quelqu'un frappe
à la porte. Mathilde essaie
de l'ignorer, mais Julien joue
à l'ordinateur, et il n'entend
jamais rien lorsqu'il est dans
son royaume des ordinateurs.
Ses parents sont sortis faire
des courses.

Je crois qu'il y a quelqu'un à la porte !

— Désolée, Camille. Je dois y aller, dit Mathilde.

— OK, MAIS TENTE DE DÉCOUVRIR CE QUE SIGNIFIE LA CHAÎNE DE CHEVILLE ! hurle Camille.

Une surprise attend
Mathilde de l'autre côté
de la porte. C'est Heidi
et son petit chien-saucisse,
qu'elle tient en laisse. Maya
sautille autour du petit chien.

— Il s'appelle Ralph,
dit Heidi. Nous nous
demandions si vous aimeriez
venir vous balader avec nous.

— Ce serait super, répond
Mathilde.

Elle sent un sourire s'afficher
sur son visage. Heidi est
adorable. Et elle a un chien,
en plus d'habiter sur sa rue.
Mathilde sait à l'intérieur
d'elle-même que Heidi et
elle seront de bonnes amies.

Tandis qu'elle se penche
pour attacher la laisse
de Maya à son collier,
elle regarde les pieds de Heidi.
Elle porte des sandales de plage.

Les rayons du soleil font reluire la chaîne. Les deux S ressemblent à des points d'interrogation. Mathilde est résolue à obtenir des réponses.

Chapitre six

— Ralph est si mignon !
dit Mathilde tandis qu'elles
se baladent. Regarde, Maya
l'adore.

Maya veut sans cesse jouer
avec Ralph. Elle saute sur lui,

et se met ensuite à courir.
Ralph saisit le jeu après
un moment. Il pourchasse
Maya en aboyant de sa petite
voix de chien-saucisse.

— Maya est également
très mignonne, affirme Heidi.
Tu sais, j'ai *toujours* désiré
un chien. Je n'arrive toujours
pas à croire que Ralph est à
moi. C'est mon meilleur ami.

Mathilde sourit.

— Je sais ce que tu veux dire, répond-elle. Je parle à Maya sans arrêt. J'ai parfois l'impression qu'elle me comprend mieux que les humains.

— Vraiment? demande Heidi. Je fais la même chose. Je croyais que j'étais la seule.

— Eh non! lance Mathilde. Je suis complètement gaga.

Elle fait une grimace pour démontrer à quel point elle est gaga. Heidi éclate de rire.

— Tu es comique, Mathilde, poursuit-elle. Je suis heureuse que tu sois à notre école. C'est si rafraîchissant d'avoir une nouvelle fille dans notre bande.

Lorsqu'elles arrivent au parc, les filles détachent les laisses de leurs chiens.

Ils sont maintenant habitués
de jouer ensemble. Ils se
pourchassent et se roulent
dans l'herbe alors que les filles
s'installent à la balançoire.

Mathilde prend une grande
inspiration. Elle a enfin
la chance de demander
à Heidi ce que signifient
les chaînes de cheville.

— Pourquoi Mélina, Jessica
et toi portez-vous toutes

une chaîne identique
à la cheville ?

— Je n'ai pas le droit
de le dire, répond Heidi
en se mordant la lèvre.

— Oh, s'il te plaît ! la supplie
Mathilde. Je meurs d'envie
de le savoir.

Mathilde place ses mains
autour de son cou et fait
semblant de s'étouffer.

Heidi rit, puis elle commence à se balancer.

— Bien, pourquoi n'essaies-tu pas de *deviner* de quoi

il s'agit? suggère-t-elle. Ainsi, je ne te l'aurai pas dévoilé.

Mathilde commence également à se balancer en tentant de suivre le même rythme que Heidi.

— Vous faites partie d'un club? demande-t-elle en prenant son élan vers l'arrière.

Heidi acquiesce d'un signe de tête.

— Et les autres membres
du club sont Mélina et Jessica,
poursuit-elle en redescendant.

Heidi hoche la tête
de nouveau.

— Le club s'appelle...
spéciales... ?

Cette fois, Heidi secoue
la tête. Elle arrête de se
balancer. Mathilde cramponne
son pied sur le sol pour
freiner son élan.

— Il s'appelle les Sœurs
secrètes, chuchote-t-elle.

— Cool! s'exclame Mathilde.

Elle comprend
immédiatement pourquoi
il porte ce nom. Camille et
elle font parfois croire qu'elles
sont des sœurs. C'est amusant.

— Que faites-vous dans
le club des Sœurs secrètes?
demande Mathilde tout bas.

Elles chuchotent toutes
les deux malgré qu'il n'y ait
aucun être vivant autour,
sauf les chiens.

Mathilde croit que c'est
dû au mot « secrètes » dans
le nom du club. Les secrets
sont toujours dits à voix basse.

— Oh, plusieurs choses,
répond Heidi. Il y a
un cabanon dans la cour arrière
de Jessica. C'est notre lieu de

réunion. Parfois, on essaie

différents maquillages.

Ou bien on feuillette

des magazines. Jessica en

possède abondamment.

Elle adore lire des articles à

propos des célébrités. D'autres

fois, on ne fait que bavarder.

Mathilde se sent

soudainement très seule. Elle

aimerait avoir aussi sa chaîne

de cheville et faire partie

du groupe. Elle commence à s'habituer à sa nouvelle maison et à sa nouvelle école, mais elle trouve encore difficile d'être la nouvelle élève.

Elle pense aux samedis qu'elle avait l'habitude de passer avec Camille. Elles lisaient des magazines et bavardaient. Même si elles n'avaient pas fondé de club ou qu'elles ne possédaient pas

de chaînes, leur amitié était
solide. Heidi semble lire
dans ses pensées.

— J'ai déjà demandé
à ce que tu te joignes à nous,
dit doucement Heidi.

— C'est vrai ? demande
Mathilde, qui se sent déjà
un peu mieux.

— Ouais. Nous devons
cependant organiser un vote,
qui aura lieu lundi.

Tous les membres du groupe
doivent être d'accord.

Mais je suis certaine qu'il n'y
aura pas de problème.

— Et Jessica? demande
Mathilde en se grattant le nez.
Je crois qu'elle ne m'aime pas
beaucoup.

Heidi semble étonnée.

— Bien sûr que Jessica
t'aime, affirme-t-elle.
C'est juste qu'elle a beaucoup

de problèmes ces jours-ci,
et qu'elle peut parfois être
irritable et... méchante.

— Qu'est-ce qui ne va pas ?
Quel genre de problèmes
a-t-elle ? l'interroge Mathilde.

Elle se demande si Heidi
essaie seulement de la rassurer
à propos de Jessica.

— Jessica te le dira peut-être
elle-même si tu te joins
au club des Sœurs secrètes.

Nous nous dévoilons tous
nos secrets. Et lundi,
tu deviendras l'une des nôtres !

Mathilde fait oui de la tête
tandis qu'elle appelle Maya.
Elle est heureuse que Heidi
essaie de l'intégrer au club
des Sœurs secrètes. Ça semble
vraiment chouette.

Mais au fond d'elle-même, elle doute de pouvoir obtenir le vote de Jessica.

Chapitre
sept

Le lundi suivant, Mathilde se

débat avec son projet d'arts

au moment où la cloche

sonne pour le goûter.

Ils fabriquent des cartes

pour la fête des Mères.

Mathilde réalise un collage de sa mère dans son uniforme de médecin. Mais elle n'a pas terminé. Elle ignore comment elle va reproduire les cheveux bouclés de sa mère.

— Il y a de la laine à l'arrière, souligne son professeur d'arts. Je peux t'aider si ça ne te dérange pas de rester.

— D'accord, répond Mathilde.

Elle n'est pas totalement
certaine de vouloir rater
le goûter. Mais elle souhaite
à tout prix terminer sa carte.

Les filles jouent à la corde
à sauter au moment
où Mathilde les rejoint
à l'extérieur.

— C'est à ton tour !
crie Heidi.

Mathilde se faufile sous
la corde et entonne la chanson.

Elle parvient à la chanter
au complet sans se prendre
le pied dans la corde.
À son deuxième essai, elle rate
à Popeye.

Elle remue les bras et
les jambes et se met à sauter
comme une vraie folle.
Ça lui fait du bien de faire
des simagrées. Heidi et Mélina
rient aux éclats. Plus elles
rient, et plus Mathilde s'agite.

Mathilde rit et saute comme une aliénée lorsque quelque chose glisse de la poche de sa jupe.

Jessica lâche la corde

et ramasse le bout de papier.

Au moment où elle le déplie,

Mathilde réalise de quoi

il s'agit. C'est la photo avec

Marie-Mai !

Elle l'avait oubliée.

— Regardez ! lance Jessica.

Waouh, Mathilde connaît

Marie-Mai ! Génial !

Mathilde a l'impression

que son cœur s'est arrêté

de battre. Elle n'arrive pas
à croire que Jessica s'intéresse
enfin à elle. Elle n'arrive pas
à croire non plus que les filles
sont persuadées que la photo
est réelle.

Mélina et Heidi regardent
par-dessus l'épaule de Jessica
pour mieux voir.

— C'est incroyable !
s'exclame Mélina. Elle a même
posé son bras autour de

tes épaules. Êtes-vous
de bonnes amies ?

Mathilde ignore quoi
répondre.

Elle sait qu'elle devrait
leur expliquer que c'est Julien
qui a fabriqué la photo.
Elle sait qu'elle devrait leur
avouer qu'elle ne connaît pas
Marie-Mai personnellement.

Mais tout le monde est agité
et parle en même temps.

— Je ne suis pas vraiment...
commence-t-elle.

Mais Jessica l'interrompt et
la regarde d'un air très sérieux.

— Eh bien Mathilde,
bienvenue dans le club des
Sœurs secrètes. On organise
une petite fête ce soir. On se
rejoint dans le cabanon après
l'école. Et apporte cette photo
pour qu'on puisse l'épingler
sur le mur !

Mathilde ne sait pas quoi
répondre.

Il y a tellement de mots
qui défilent dans sa tête

qu'elle ne parvient pas
à en choisir un seul.

La cloche sonne au même
moment.

Jessica examine la photo
une fois de plus avant
de la rendre à Mathilde.

Tandis que Mathilde
regarde la photo, elle sent le
souffle de Heidi dans son cou.

Lorsqu'elle se retourne,
Heidi la dévisage.

— Félicitations ! lance-t-elle à voix basse.

Chapitre
* huit *

— Mathilde, il n'y a pas
de fée de l'autre côté de
cette fenêtre qui terminera
cet exercice à ta place,
dit madame Vézina.

— Désolée, murmure Mathilde.

Elle essaie de se concentrer sur ses exercices, mais elle n'y parvient pas. Elle pense sans arrêt au club des Sœurs secrètes.

Elle a hâte ! Ce sera tellement agréable de faire partie d'un club. Elle en a assez de se sentir seule. Mais il y a un problème. Et si les filles avaient accepté de l'intégrer uniquement parce qu'elle connaît Marie-Mai?

Elle ne l'a jamais rencontrée! Ça n'augure pas bien.

Mathilde essaie de se concentrer sur ses exercices, mais elle ne peut s'arrêter de penser. Elle n'a pas vraiment *menti* à propos de Marie-Mai. Mais les filles sont persuadées que la photo est réelle, et elle ne l'a pas nié.

Elle ne sait pas quoi faire.

Si elle leur dit la vérité,

elles l'expulseront peut-être du

club. Mais si elle ne dit rien,

ses nouvelles amitiés seront

fondées sur le mensonge.

Mathilde soupire. D'après

Heidi, Jessica adore lire des

articles de magazines à propos

des célébrités. Elle regarde

autour d'elle. Son regard

s'arrête sur les photos de

tous les élèves de sa classe.

Puisqu'elle connaît

maintenant le nom de chacun

d'eux, elle n'a plus besoin

de regarder ces photos.

Il lui vient soudain une idée.

À la fin de la journée,

elle attend que tous les élèves

aient quitté la classe

et elle retire les photos de

Heidi, de Mélina et de Jessica.

Elle file ensuite à la maison.

Elle a du travail pour Julien.

Chapitre neuf

— Bienvenue au club
des Sœurs secrètes ! annonce
Jessica en ouvrant la porte
du cabanon.

Mathilde avale sa salive.
C'est le cabanon le plus

impressionnant qu'elle ait jamais vu. Il ressemble à une maison miniature. Il y a une cuisine et des fauteuils poire un peu partout.

Heidi et Mélina fouillent dans un énorme coffre qui contient un tas d'accessoires pour se déguiser.

— Alors Mathilde, dit Heidi, que souhaites-tu porter pour la grande cérémonie?

Mathilde choisit une robe jaune et des boucles d'oreilles qui pendillent.

— Je me sens comme une princesse ! s'exclame-t-elle.

Je suis la princesse Mathilde.

Les filles éclatent de rire.

— Bien, voici quelque chose

qui t'aidera à te sentir

davantage comme

une princesse, dit Mélina.

Elle lui tend une chaîne

de cheville identique à celle

que portent les autres filles.

— Il y en a également une

pour moi ? souffle Mathilde.

Comment vous les procurez-

vous ?

— Mon père est bijoutier, explique Mélina. Il en a conçu cinq expressément pour notre club. La tienne est l'avant-dernière de la série. Tu peux la mettre.

Mathilde se mord la lèvre.

Elle souhaite plus que jamais

faire partie du club, mais pas

grâce à un mensonge.

— Attendez un instant,

lâche-t-elle d'un ton

catégorique.

Elle dépose la chaîne

de cheville sur le rebord

d'une fenêtre et tend la main

vers son sac.

— Cool, tu as apporté la photo de Marie-Mai et de toi? demande Jessica. Épinglons-la sur le mur, puis tu nous raconteras comment vous vous êtes rencontrées. J'ai vraiment hâte de savoir comment elle est dans la vie.

Mathilde prend une grande inspiration.

— Je n'ai jamais *rencontré* Marie-Mai, avoue-t-elle.

Jessica et Mélina

se regardent d'un air confus.

Mais Mathilde remarque que

Heidi sourit.

— Dans ce cas, comment

as-tu pu te faire prendre

en photo avec elle ?

l'interroge Jessica.

— De la même façon

que *vous* vous êtes fait prendre

en photo, révèle Mathilde.

Elle retire les photos des trois filles de son sac et remet à chacune celle où elle apparaît.

Mélina prend sa photo, puis va s'asseoir sur un fauteuil poire. Heidi s'installe devant la fenêtre pour regarder la sienne. Jessica se tient immobile tout près de Mathilde, les yeux rivés sur sa photo.

Mathilde attend leur réaction.

Elle a l'impression que le temps s'est arrêté et que son avenir dépend de ce moment. Chaque partie de son corps est tendue. Elle sent la pointe de sa boucle d'oreille tambouriner contre son cou, comme le mécanisme d'une horloge.

Puis soudain, de petits cris aigus et des rires retentissent dans le cabanon.

— Nom d'un caribou !

Mais c'est moi et Britney !

s'écrie Mélina.

Elle se relève du fauteuil

d'un bond et se met à danser.

— *Hit me baby, one more time,*

chante-t-elle.

— Et moi ? crie Heidi.

Vous savez avec qui je suis sur

la photo ?

Elle bascule la tête

vers l'avant, puis ébouriffe

ses cheveux avec ses mains
en chantant.

— *He was a boy, she was a
girl...* C'est facile.

— Avril Lavigne ! hurle
Mélina. Montre-la-moi !

Mathilde n'est toujours pas
rassurée tandis qu'elle regarde
Mélina et Heidi s'échanger
leurs photos. Jessica n'a pas
encore dit un mot. Elle garde

les yeux rivés sur la photo que
Mathilde lui a donnée.

— Avec qui es-tu Jessica ?
demande Heidi.

Jessica ferme les yeux,
puis elle place ses mains
sur son visage. Le cœur
de Mathilde bat à vive allure.

Jessica est tellement
en colère qu'elle n'arrive pas
à parler, pense-t-elle.

Au même moment, Jessica commence à chanter.

— *Can't read my, can't read my, no he can't read my poker face...*

Jessica possède une très belle voix. Mathilde se détend. Heidi et Mélina se mettent

Youpi !
Elles adorent
les photos.

également à chanter. Mathilde leur emboîte le pas. Bientôt, toutes les quatre chantent dans des boîtes de conserve de fèves au lard qu'elles ont trouvées sur le comptoir de la cuisine.

Enfin, elles s'affalent dans les fauteuils poire en riant. Jessica s'assoit sur le même fauteuil que Mathilde.

— Tu es taquine, Mathilde Racine, dit-elle. Je me suis

laissé prendre au jeu. J'ai vraiment cru que tu étais amie avec Marie-Mai. OK,

les Sœurs, je crois que notre nouveau membre des Sœurs secrètes mérite d'être punie.

Aussitôt, les trois filles commencent à chatouiller Mathilde.

— Je savais que la photo était falsifiée, dit Heidi en chatouillant la plante des pieds de Mathilde. La tête de Marie-Mai est deux fois plus grosse que la tienne. Ce n'est pas possible, puisque tu es loin d'avoir une tête sans cervelle !

Elle maintient Mathilde sur le sol tandis que les autres lui chatouillent les aisselles. Mathilde pousse des cris aigus. Elle a peine à reprendre son souffle entre chaque fou rire. C'est merveilleux !

Elles cessent finalement
de chatouiller Mathilde.
Elle s'arrête de rire. Mélina va
chercher la chaîne de cheville
sur le rebord de la fenêtre.

Les trois filles l'aident
à l'attacher.

Mathilde est bouche bée.
Elle se sent différente avec
la chaîne. En plus de la ressentir
sur sa peau, elle la ressent
dans son cœur. Elle n'est plus

nouvelle et elle n'est plus

seule. C'est presque parfait.

Il y a encore une chose

que Mathilde aimerait savoir.

Elle prend une grande

inspiration.

— M'aurais-tu permis de

me joindre au club des Sœurs

secrètes si tu avais su que

la photo n'était pas réelle?

demande-t-elle à Jessica.

Jessica a l'air étonnée.

— C'est juste que... bien...
tu ne semblais pas m'aimer
beaucoup *avant* de voir
la photo, et dès le moment
où tu l'as vue, tu as dit
sans hésiter que je pouvais
me joindre au club. Je me
demande simplement
si tu souhaites que je reste
dans le club même si je ne
connais aucune célébrité et...

— Ouf, tu parles encore plus que Heidi ! l'interrompt Jessica.

Puis les traits de son visage s'adoucissent.

— Mathilde, nous avons voté pendant que tu terminais la carte pour ta mère. Tu étais membre des Sœurs secrètes *avant* même que nous ayons vu la photo.

Jessica inspire, puis Mathilde aperçoit une larme couler sur sa joue. Heidi et Mélina posent chacune une main sur l'épaule de Jessica.

— Je m'excuse d'avoir été méchante avec toi. Mes parents se séparent, murmure Jessica. C'est pour cette raison que j'étais de mauvaise humeur. Je n'ai jamais eu d'ennuis à l'école, non plus.

Mais parfois, je suis tellement

frustrée et en colère que

je commets des bêtises.

C'est très difficile...

Mathilde est sur le point de

pleurer, elle aussi. Ça doit être

épouvantable pour Jessica. Elle

pose à son tour sa main sur

l'épaule de Jessica, à côté de

celles de Mélina et de Heidi.

C'est comme si elles étaient

liées. Pas uniquement par

leurs chaînes de cheville, mais également par les sentiments.

— En as-tu parlé à madame Vézina ? dit tout doucement Mathilde.

Jessica secoue la tête.

— Bien, je crois que tu le devrais. Je suis certaine que madame Vézina comprendra. Elle pourra peut-être t'aider.

Heidi et Mélina hochent la tête en signe d'approbation.

— D'accord, répond Jessica
en ramassant un magazine.
À présent, pourriez-vous
décoller un peu ? Nous devons
remplir le questionnaire sur
Marie-Mai. Mathilde devrait
connaître toutes les réponses
puisqu'elles sont amies.

Plus tard, les filles s'assoient
en cercle sur le sol. Elles ne

s'occupent pas des voitures
qui entrent dans la cour.
Aucune d'elles ne souhaite
rentrer à la maison.

— Alors, que penses-tu
de notre école et du club
des Sœurs secrètes ? demande
Mélina à Mathilde.

— J'adore le club des Sœurs
secrètes, répond Mathilde.
Et *j'aime bien* votre école.
C'est juste que...

Puis-je parler de ma **MEILLEURE** amie à mes **NOUVELLES** amies ?

Mathilde fait une pause.

Elle ne sait pas si elle devrait

leur dire qu'elle s'ennuie

de Camille. Ses nouvelles

amies ne seront peut-être pas

à l'aise d'entendre parler

de sa meilleure amie.

— Quoi ? insiste-t-elle.

Mathilde soupire.

— Bien, j'ai une amie

qui s'appelle Camille. Elle est

formidable. Elle est bonne

dans tout. Elle est même

capable de faire du surf!

Camille sait se tenir sur une

planche sans tomber. Je crois

que vous l'aimeriez beaucoup.

On est amies depuis

la maternelle. J'adore ça ici,

et encore plus depuis que je
fais partie du club des Sœurs
secrètes. Mais je m'ennuie
beaucoup de mon amie.
On se parle et on s'envoie
des courriels régulièrement.
Mais ce n'est pas comme
si on se voyait en personne.

Les filles ne parlent pas,
mais d'après l'expression
sur leur visage, Mathilde sait
qu'elles comprennent. Cela lui

fait du bien de partager
ses sentiments avec les Sœurs
secrètes.

— Est-ce que Camille pourra
venir te visiter ici ? demande
Heidi.

Mathilde hoche la tête.

— Ouais, elle viendra
dans deux semaines. Mais ça
semble si loin.

— Mathilde, ta mère est
arrivée ! crie le père de Jessica.

Mathilde s'apprête à se lever,
mais les autres filles la retiennent.

— Nous devons d'abord
faire le signe d'au revoir
des Sœurs secrètes, explique
Jessica.

Elle place sa main au centre
du cercle. Les autres membres
mettent chacune leur main
par-dessus la sienne.
Elles reculent, puis posent
leur main sur leur cœur.

Mathilde sait ce que cela signifie. Les filles sont désormais liées. Comme si elles étaient là pour prendre soin l'une de l'autre.

Tandis que Mathilde descend l'escalier du cabanon, Jessica l'interpelle.

— Ne t'en fais pas pour Camille, dit-elle.

Chapitre dix

Mathilde est surexcitée.

Elle a l'impression de ne pas

avoir vu Camille depuis

des années. Elle a tellement

de questions à lui poser

et de choses à lui dire.

Par exemple, la fois
où les Sœurs secrètes ont
accompagné Jessica pour aller
expliquer à madame Vézina ce
qui se passait entre les parents
de Jessica. Madame Vézina
a été très compréhensive. Elle
a permis à Jessica de reprendre
sa place à la même table que
les autres. Mathilde a accepté
de se déplacer d'une chaise.
Jessica a l'air tellement plus

heureuse. Mathilde comprend maintenant mieux Jessica lorsqu'elle a des sautes d'humeur.

Mathilde aimerait que Camille l'accompagne au club des Sœurs secrètes. Elles ont une réunion dimanche, mais elle sait qu'elle ne pourra pas être présente. Il y a certaines règles à suivre dans le club des Sœurs secrètes. L'une d'entre

elles, c'est que seules
les membres du club peuvent
assister aux réunions.

Mathilde attend à l'extérieur
de la maison, devant l'escalier.
Elle entend les doigts de Julien
pianoter sur le clavier
de l'ordinateur.

— Quelle heure est-il ?
demande-t-elle.

— Cinq minutes plus tard
que la dernière fois que tu me

l'as demandé !

répond Julien.

Le temps semble s'être
arrêté. Il reste une heure avant
l'arrivée de Camille.

Mathilde prend une balle
de tennis qu'elle lance à Maya.
Elle retombe dans
les buissons, puis Maya s'y
précipite pour la récupérer.
La balle est dégoulinante
de salive lorsque Maya la lui

rapporte. Mathilde la tient

du bout des doigts.

Elle la lance à nouveau.

Maya part à sa poursuite.

Maya prend du temps

à rapporter la balle. Mathilde

l'entend aboyer. Puis elle

entend un autre chien aboyer.
Elle avance dans l'allée
pour examiner les alentours.

Ralph, le chien-saucisse
de Heidi, se roule sur le sol
avec Maya. Les deux chiens
se chamaillent pour la balle.

C'est comme s'ils avaient
leur propre club des Chiens
secrets !

Mathilde regarde à
l'extrémité de la rue. Si Ralph

est ici, cela signifie que Heidi
ne doit pas être loin. Cela lui
prend un certain temps avant
d'apercevoir les filles. Heidi,
Mélina et Jessica marchent
ensemble dans sa rue.
Mathilde les salue, puis elle
se dirige vers ses amies.

— Hé, les Sœurs, lance-t-elle
au moment où elle les rejoint.
Que faites-vous ici ?

— Nous avons quelque chose pour toi, déclare Heidi.

— En fait, ce n'est pas vraiment pour *elle*, réplique Jessica.

Mathilde lève les mains.

— De quoi parlez-vous, pour l'amour? demande-t-elle.

— De ceci! dit Mélina en lui tendant une chaîne de cheville du club des Sœurs secrètes.

Mathilde remarque

que les trois filles sourient.

— Mais j'en ai déjà *une*,

répond Mathilde, perplexe.

— Camille vient te visiter

cette fin de semaine, non ?

souligne Jessica.

— Oui. Elle sera ici dans

une heure, l'informe Mathilde.

— Bien, tu peux lui donner,

disent les trois filles en chœur.

Mathilde s'assoit sur le bord

du trottoir. Elle sent

une énorme boule se former

dans sa gorge.

— Vous voulez dire que Camille peut être une Sœur secrète? s'exclame-t-elle.

Les filles hochent la tête.

Mathilde s'étend sur la pelouse. Elle se sent si bien. Elle se retient de pleurer de joie.

Au même moment, Ralph et Maya sautent sur elle. Les deux chiens commencent à lui lécher le visage. La boule

dans la gorge de Mathilde

disparaît lorsqu'elle se rassoit.

— Dégoûtant ! s'écrie Jessica.

J'espère que la nouvelle Sœur

secrète n'est pas le genre

de fille à se laisser lécher

le visage par des chiens !

Chapitre

onze

Il y a trop de chambardements

chez Jessica pour que

les Sœurs secrètes puissent

tenir leur réunion dans

le cabanon. Mathilde en est

quelque peu contente.

Elle adore le cabanon, mais sa chambre est encore mieux. Ses parents lui ont permis de choisir ses rideaux et son couvre-lit. Et en plus, les murs sont tapissés de ses affiches préférées.

Elle est fière d'accueillir toutes ses meilleures amies dans sa chambre.

Camille ferme la porte.

— Cette chaîne de cheville est vraiment jolie ! dit-elle. Merci de me permettre de faire partie de votre club.

Jessica sourit.

— En fait, personne ne devient une Sœur secrète avant d'avoir rempli le questionnaire sur Marie-Mai, dit-elle en lui tendant un magazine défraîchi.

— Tu dois traîner cette revue partout avec toi, plaisante Heidi.

Jessica la regarde d'un air menaçant.

Les Sœurs secrètes sont formidables !

— OK, OK, s'esclaffe Heidi.

Quel est le signe astrologique

de Marie-Mai ?

Camille sourcille.

— Euh, Cancer ?

balbutie-t-elle.

— Bonne réponse ! clame

Heidi. À présent, je crois

que nous devons prendre

une photo des Sœurs secrètes.

Où est ton frère, Mathilde ?

— Tu n'as qu'à suivre
le bruit des touches de clavier,
répond Mathilde.

Les filles se dirigent vers
le salon en dansant, où elles
trouvent effectivement Julien
qui tapote sur le clavier
de l'ordinateur, dos à elles.

— Bonjour le frère
de Mathilde, dit Jessica.

Julien tourne la tête.

— Quoi? lance-t-il.

— Nous nous demandions
si tu pouvais prendre une
photo de nous et la modifier
comme tu sais si bien le faire.

Julien arrête d'écrire et
les regarde.

— Hum, marmonne-t-il.
Je pourrais faire ça...
si vous allez me chercher
des bâtonnets glacés
au dépanneur.

— D'accord, dit Heidi.

— Et si vous lavez la voiture
de papa, nettoyez la cage
des souris et ramassez le caca
de Maya. ✻

— Les filles se regardent
les unes les autres, puis elles
éclatent de rire. ✻

— Parfait ! réplique Jessica.
Nous ferons toutes les tâches
ingrates à ta place.

Julien prend son appareil
photo numérique. ✻

Les filles s'installent les unes
par-dessus les autres sur
le canapé. Elles sourient
et soulèvent leurs jambes
pour montrer leurs chaînes
de cheville. Une fois que
le flash est éteint, elles jettent
un coup d'œil à la photo.

Mathilde sent son cœur se
gonfler. C'est le plus beau jour
de sa vie. Toutes ses amies
sont ensemble. Sa nouvelle vie

semble encore plus excitante que la précédente.

Le club des Sœurs secrètes est le meilleur club du monde !

Julien branche l'appareil photo à l'ordinateur.

— Alors, avec quelles célébrités souhaitez-vous apparaître sur la photo ? demande-t-il.

Les Sœurs secrètes se jettent un coup d'œil complice.
Elles ont toutes la même idée.

— Nous ne voulons  finalement personne d'autre sur la photo, souligne Mathilde. Elle est parfaite comme ça !

Fin

Je nage ou je me noie!

PAR

THALIA KALKIPSAKIS

Traduction de VALÉRIE MÉNARD

Révision de GINETTE BONNEAU

Illustrations de DANIELLE McDONALD

et ASH OSWALD

Graphisme de NANCY JACQUES

Chapitre
✿ un

Sur le panneau situé à l'autre

extrémité de la piscine,

on peut lire : EAU PROFONDE

2,20 m.

C'est à cet endroit que

se dirige Eva — le plus

rapidement possible sans

toutefois courir! Elle garde

la tête haute et marche

d'un pas rapide. Ses pieds

produisent un bruit de succion

lorsqu'ils frappent contre les

carreaux trempés. Elle court

presque, mais pas tout à fait!

Les autres enfants qui font

partie du cours de natation

d'Eva se bousculent autour

d'elle. Ils doivent avoir l'air

plutôt fous — un groupe

de marcheurs rapides qui

se précipitent le long

de la piscine principale.

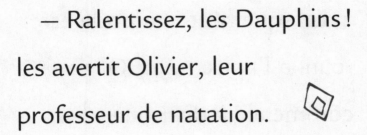

— Ralentissez, les Dauphins !

les avertit Olivier, leur

professeur de natation.

Il dit toujours cela. Eva

ralentit à peine le pas. Quand

elle se dirige vers un endroit

qui lui plaît, Eva est toujours

pressée de s'y rendre !

D'ailleurs, plus vite elle

arrivera au bout de la piscine,

plus vite elle retournera dans

l'eau.

Lorsque tout le monde est

réuni à l'autre bout, Olivier

commence à distribuer des

briques. Eva remue ses jambes

froides et tient sa brique

avec ses deux mains. Sa brique

est rouge vif, et l'un des coins

est ébréché.

— Souvenez-vous de
la couleur de votre brique,
tout le monde, crie-t-il. Il doit
hausser la voix pour couvrir
le bruit et les éclaboussements
en provenance de la piscine
voisine.

Olivier prend la brique d'Eva
et lui fait un clin d'œil.

— Merci Eva, dit-il en
lançant la brique rouge dans
la partie profonde. La brique

fait un grand plouf avant de couler doucement dans le fond de la piscine. Il lance ensuite une brique noire. Puis une verte, puis une jaune, et puis une orange et une bleue.

— C'est l'heure de la plongée sous-marine, dit Olivier. Et rappelez-vous, si vous élevez votre bassin, vous aurez plus de facilité à plonger vers le bas.

Ils se regardent les uns
les autres pendant un moment
— ils ont les yeux brillants
et les joues rouges.
Puis, ils plongent dans l'eau
profonde.

L'eau est chaude. Eva est

presque certaine de savoir

où se trouve sa brique.

Elle nage au-dessus

de l'emplacement et prend

une grande respiration pour

remplir ses poumons d'air.

Soudain, le bruit ambiant

s'assourdit sous l'eau. Eva

agite rapidement les jambes

et pousse les bras dans l'eau.

Elle aperçoit de larges lignes

noires au fond de la piscine,
sous elle.

Eva cherche une tache rouge
au fond. La voilà ! Sa brique
rouge vif est à demi couchée
sur une ligne noire. Elle n'est
qu'à quelques poussées
d'y arriver.

Eva touche la brique
du bout des doigts et l'agrippe
fermement. Elle se donne
une poussée et remonte

à la surface. Lorsqu'elle
émerge la tête de l'eau,
le son des éclaboussements
et des rires parviennent
à nouveau à ses oreilles.

Elle inspire profondément
et jette un coup d'œil rapide
autour d'elle. Trois autres
enfants ont déjà sorti la tête
de l'eau, mais ils n'ont rien
dans les mains.

Eva est la première à avoir
trouvé sa brique !
Elle la soulève hors de l'eau,
puis agite l'autre bras
énergiquement pour pouvoir
la garder dans les airs.

— Je suis la première !
crie-t-elle à Olivier.

— Félicitations Eva,
répond Olivier en souriant.
Mais ce n'est pas une course,
tu ne te souviens pas ?

Eva hausse les épaules.
Elle sait que ce n'est pas
une course. Mais cela ne
l'empêche pas de se réjouir
d'avoir été la première
à sortir !

Peu de temps après, toutes
les briques ont été trouvées
et le cours prend fin.
Le moment de la semaine
que préfère Eva est terminé.

— Parfait, bon travail !
crie Olivier.

Il se penche pour prendre
quelques planches.

— On se revoit la semaine
prochaine.

Les autres élèves

de son cours se dirigent vers

le vestiaire, les joues roses

et les pieds mouillés. Mais Eva

monte l'échelle de la piscine

très lentement. Elle prend

toujours son temps pour sortir

de la piscine.

— Eva ! l'interpelle Olivier

en la regardant par-dessus

une pile de planches. Viens me

rejoindre à la réception

avec ta mère lorsque tu seras prête, d'accord ? J'aimerais vous parler à toutes les deux.

— Oh... ouais, d'accord, balbutie Eva, étonnée. Pourquoi...

Mais Olivier s'éloigne déjà vers la salle d'entreposage.

Eva le regarde s'en aller en se mordillant la lèvre.

Elle se demande pendant
un moment si elle a fait
quelque chose de mal pendant
le cours.

Mais elle n'en a pas
l'impression. C'est l'une
des meilleures nageuses !

Alors, de quoi Olivier
souhaite-t-il lui parler ?
Ça ne peut qu'être positif.

Chapitre
deux

Eva se tient sur la pointe des pieds devant le comptoir de la réception en compagnie de sa mère. Elle essaie de voir par-dessus le comptoir. Elle s'est tellement dépêchée à s'habiller que ses cheveux dégoulinent sur son dos. Elle n'a même pas pris le temps de mettre de bas dans ses souliers d'école.

À quoi servent les bas à un moment pareil ! pense Eva avec excitation.

Bientôt, Olivier ouvre la porte qui débouche dans une pièce à l'arrière et s'avance vers le comptoir. Il sourit à la mère d'Eva.

— Bonjour Cathy, lance-t-il
en parcourant une pile
de feuilles.

— Bonjour Olivier, répond
la mère d'Eva sur un ton
interrogateur.

— Votre fille travaille
très fort pendant les cours de
natation, dit Olivier en souriant
à Eva. J'aimerais savoir
si elle serait d'accord pour
se joindre au groupe Junior.

Le groupe Junior? Eva saute sur place. Elle s'agrippe au comptoir et essaie de lire ce qui est écrit sur les feuilles devant Olivier. C'est difficile de lire à l'envers, et en plus, les feuilles disparaissent chaque fois qu'elle repose les pieds par terre.

Le groupe Junior? C'est génial!

La mère d'Eva lui sourit
fièrement.

— Je confirme. Eva adore
la natation.

— Tenez, dit Olivier en
tendant des documents à

la mère d'Eva. Lisez ceci quand vous rentrerez à la maison. Le groupe Junior est plus exigeant, mais nous avons beaucoup de plaisir.

Eva saisit le bras de sa mère.

— Est-ce que je peux, maman ? S'il te plaît, dis oui !

Sa mère fronce les sourcils.

— Bien, je vais d'abord lire ces documents. Et nous devons aussi en parler à ton père...

Puis, elle lève les yeux au ciel et éclate de rire.

— Mais nous serions fous de t'en empêcher, Eva.

— Youpi! s'écrie Eva.

Elle se remet à sauter. Mais cette fois-ci, ce n'est pas pour voir par-dessus le comptoir. Elle ne peut soudainement plus arrêter de sauter!

Ce soir-là, après le repas,

Eva s'étend sur son lit.

Elle ne parvient pas à détacher

les yeux des documents

qu'Olivier leur a remis.

Le groupe Junior a l'air

formidable ! Sérieusement,

il lui permettrait d'avoir deux

cours par semaine et lui

donnerait l'occasion de

participer à de vraies courses.

Même le matériel requis pour

le groupe Junior semble

intéressant ! Elle aura besoin

de deux paires de lunettes

de plongée, de ses propres

palmes et d'une bouteille

d'eau.

Lorsqu'elle termine
la lecture des documents,
Eva les étale sur son bureau
avec soin. Puis, elle remplit
les formulaires de sa plus belle
écriture. En fait, seulement
les questions auxquelles elle
peut répondre. Eva sait qu'elle
ne peut pas signer à la place
de sa mère !

Pendant qu'elle travaille,
Eva incline la tête et l'agite

de temps à autre afin de faire sortir l'eau de ses oreilles.

Lorsqu'elle termine, Eva s'adosse à sa chaise. C'est plutôt excitant, même si Eva sait qu'elle ne sera plus la meilleure de son groupe. Mais pas pour longtemps ! Olivier croit qu'Eva est capable de suivre les autres élèves Juniors, et elle fera de son mieux pour y arriver.

Eva prend une vieille revue

dans sa bibliothèque.

Elle la dépose sur son bureau

et commence à la feuilleter.

Elle cherche quelque chose.

Lorsqu'elle trouve l'article

intitulé *Des filles en or,*

elle cesse de tourner les pages.

Au milieu de la page

apparaît la photo des quatre

femmes les plus formidables

qu'Eva ait jamais vues

— les filles de l'équipe féminine

canadienne de natation.

Des médaillées d'or ! Et elles

ont vraiment l'air de filles

en or — fortes, musclées,

la peau reluisante...

Une nageuse blonde sourit

à la caméra et lève les doigts

pour montrer son vernis

à ongles original. Une médaille

d'or scintille à son cou.

Eva a soudain une idée.

Elle prend sa boîte à bijoux

dans le tiroir inférieur

de sa commode. À l'intérieur

se trouvent un baume pour

les lèvres, un paquet de

gomme, cinq bracelets...

et deux flacons de vernis à

ongles. L'un est rose écarlate,

et l'autre est rouge foncé.

Deux flacons ne suffiront pas,

mais Eva a aussi une bouteille de liquide correcteur...

Eva se mordille la lèvre inférieure et fronce les sourcils. Puis elle se met au travail. Ce n'est pas facile. Puisque quelque poils de la brosse du vernis rouge se séparent des autres, il lui est difficile de tracer des traits fins. Mais Eva prend son temps et s'assure que le travail est bien fait.

Lorsqu'elle termine, Eva se redresse et regarde ses ongles d'un air satisfait. Chaque ongle est moitié rose, moitié rouge — avec des gribouillis blancs et des points par-dessus. C'est très original !

Eva sourit et agite la main dans les airs. Elle se sent un peu ridicule d'imiter la nageuse de la photo.

Mais c'est tout de même très amusant.

Et peut-être, pense Eva, peut-être qu'un jour, je remporterai des courses, moi aussi.

Chapitre trois

— Heureux de t'accueillir
parmi nous, Eva, dit Olivier.
Il se frotte les mains,
impatient de se mettre
au travail.

Eva sourit et serre son sac de plongée contre sa poitrine. L'air est chaud et humide. Son cœur bat d'excitation. Elle a tout ce dont elle a besoin pour le groupe Junior dans son sac. Elle s'est procuré deux nouvelles paires de lunettes de plongée, des palmes et une bouteille d'eau. Elle a déjà enfilé son casque et un vieux maillot de bain.

Le micro produit de l'écho dans le haut-parleur pendant qu'Olivier présente Eva aux autres enfants qui sont alignés sur le bord de la piscine.

Elle peut difficilement voir leurs visages puisqu'ils ont déjà mis leur casque et leurs lunettes de plongée.

Mais Eva sent que les autres enfants prennent la natation

au sérieux. Leurs corps sont sveltes et musclés.

— Voici Marianne, dit Olivier, et la dernière et non la moindre, Jade, conclut-il en pointant une fille qui porte un casque et un maillot assortis à l'extrémité de la ligne.

Jade est grande et possède des épaules carrées et musclées. Pendant qu'elle nage, Eva croit apercevoir quelque chose briller sur ses doigts.

Est-ce que Jade porte du vernis à ongles? se demande Eva. Elle adresse un sourire à Jade.

Jade a l'air cool!

— OK tout le monde.

Commencez par vous

échauffer. Ensuite, faites

des longueurs, crie Olivier.

Eva imite Olivier alors

qu'il tourne les bras et

leur montre comment étirer

les muscles de leurs épaules.

Puis — flic, flac — le reste

du groupe saute dans l'eau.

Eva s'apprête à les rejoindre

lorsqu'Olivier lui demande

d'attendre. Il se tient à côté
d'elle, les mains sur les hanches.

— Analysons ta technique
de nage en crawl.

— Hum...

Eva se sent un peu ridicule.
Les autres sont déjà dans
l'eau, alors qu'elle n'est même
pas encore trempée ! Puis
elle sourit. Le groupe Junior,
c'est du sérieux. Eva est
décidée à faire tout ce que lui

demandera Olivier. Même de nager dans les airs !

Elle se penche vers l'avant et bouge les bras pour recréer la technique de nage en crawl.

— Très bien, dit Olivier en fronçant les sourcils. Tu dois toujours penser à ta technique.

Il tient le bras d'Eva et le fait tourner dans les airs.

— Tu dois lever le coude en premier, pas la main.

D'accord? indique Olivier

en tenant le coude d'Eva

très haut. Et imagine-toi que

tes doigts glissent sur l'eau.

Eva bouge les bras

en s'efforçant de garder

les coudes bien hauts et

de laisser glisser ses doigts

sur l'eau. Elle a soudain

l'impression qu'il s'agit d'une

toute nouvelle technique.

Olivier se tient derrière elle et hoche la tête pendant qu'Eva s'entraîne.

— Bien. Tu peux maintenant aller dans l'eau.

Enfin ! pense Eva en sautant à pieds joints dans la piscine. Elle a déjà la sensation d'être une meilleure nageuse. Et elle n'a même pas encore commencé à nager !

Alors qu'Eva effectue

sa première longueur en tant

que Junior, elle s'efforce

de faire du mieux qu'elle peut.

Lever le coude, glisser

les doigts, étirer la main...

Il y a tant de choses

auxquelles elle doit penser.

Normalement, Eva se contente de nager et d'apprécier la sensation que l'eau produit sur sa peau. Mais présentement, sa tête déborde de positionnements de mains et de techniques de nage. Son cerveau travaille aussi fort que son corps !

Lorsqu'elle arrive dans le petit bassin, Eva décide de prendre une pause. Ses joues

sont brûlantes. Sa poitrine
se gonfle à chaque respiration.

Dans le couloir voisin, Jade
nage en direction du grand
bassin. Eva la regarde nager
à un rythme régulier d'un air
impressionné.

Je vais la saluer quand
elle va s'arrêter, songe Eva.

Tandis que Jade s'approche
du mur, elle enfonce la tête
sous l'eau et effectue un virage

en culbute en un tour

de main. Puis, elle se donne

une poussée sur le mur

et reprend sa nage.

Waouh ! pense Eva. C'est

sûr que je vais lui dire bonjour.

Elle aperçoit de l'eau jaillir

au moment où Jade reprend

sa course.

Eva se repositionne

pour entreprendre une autre

longueur. Cette fois-ci, elle

essaie de suivre la cadence de Jade.

Mouvement des bras, mouvement des bras, mouvement des bras... respiration. Mouvement des bras, mouvement des bras, mouvement des bras... respiration.

À l'autre bout, Jade effectue un autre virage en culbute. Elle recommence à nager et passe devant Eva. Elle est si rapide !

Eva sait qu'elle n'a aucune chance de suivre sa cadence.

Mais pour une fois, cela lui est égal de ne pas être la plus rapide. Elle sait qu'elle a encore un million de choses à apprendre dans le groupe Junior. Et Eva est impatiente d'apprendre chacune d'elles.

Chapitre quatre

À la fin du cours, Eva est épuisée. Elle n'a jamais travaillé aussi fort de sa vie !

Elle s'assoit sur un banc dans le vestiaire et écoute les autres filles de son groupe bavarder et rire dans les douches.

Ses jambes et ses bras sont lourds et fatigués. Elle n'a même pas assez d'énergie pour prendre une douche !

Même sa bouteille d'eau donne l'impression d'être lourde lorsqu'elle la soulève pour prendre une gorgée. Mais l'eau fraîche la désaltère. Eva sort sa boîte à lunch de son sac et commence

à manger du fromage et

des biscuits.

Miam ! Eva n'est pas

seulement fatiguée et assoiffée.

Elle est aussi affamée !

Jade ouvre la porte de

sa cabine de douche et sort.

Elle a enroulé une serviette

autour de sa tête et une autre

autour de son corps.

— Comment s'est passé
ton premier cours avec le
groupe Junior? demande Jade.

Elle laisse tomber son sac sur
le banc dans un bruit sourd.

— Bien, répond Eva
en souriant légèrement.

Puis elle sent un large
sourire se dessiner sur
son visage.

— Mais j'ai l'impression
que mes bras vont tomber!

Jade éclate de rire.

— Ça va s'arranger,
la rassure-t-elle. Tes muscles
vont s'habituer.

Elle commence à enfiler
son jean tout en essayant de
maintenir la serviette en place.

Eva balaye les miettes sur ses doigts et se lève.

— J'ai hâte d'apprendre à tourner sous l'eau comme toi. C'est comme aux Jeux olympiques !

Jade sourit.

— Les virages en culbute sont très gracieux ! Ce serait merveilleux si nous nous rendions aux Jeux olympiques, n'est-ce pas ?

Jade regarde dans le vide pendant un moment. Ses yeux sont écarquillés et brillants.

Eva soupire et hoche la tête tandis qu'elle commence à s'habiller. Elle sait pourquoi les yeux de Jade sont aussi rêveurs. Eva s'est sentie de la même façon lorsqu'elle a regardé la photo des Filles en or.

Jade finit de se vêtir peu
de temps après. Elle met
son sac sur son épaule.

— J'adore tes ongles, Eva !
lance Jade.

Eva lève les doigts pour
permettre à Jade de mieux
les voir.

— Jolis gribouillis,
la complimente Jade.
Mais tu sais, je suis
une artiste, moi aussi.

Jade lui montre ses ongles.
Ils sont jaunes avec des étoiles
rouges scintillantes !

Les deux filles se sourient
pendant un instant. Puis,
Marianne et Océane sortent
des douches et commencent
aussi à s'habiller.

— Hé, est-ce que vous avez
faim ? demande Eva en
leur montrant le fromage
et les biscuits dans sa boîte

à lunch. Il y en a pour tout
le monde !

— Waouh !

— Miam !

— Merci.

La boîte à lunch d'Eva
se vide rapidement. En un rien
de temps, les quatre filles sont
devenues amies.

Eva est encore fatiguée,
et elle a encore faim. Mais
après seulement un cours

avec le Junior, elle a rencontré d'autres enfants qui raffolent de la natation autant qu'elle. De plus, elle a eu la chance d'améliorer ses techniques comme jamais auparavant.

La vie ne pourrait être plus merveilleuse !

Chapitre cinq

Eva nage de toutes ses forces,

battant chaque bras

dans l'eau. Elle sait que le mur

n'est pas loin. Eva prend

une grande respiration,

s'élance vers l'avant et effectue

un virage tout en douceur.

Puis, elle se donne une bonne poussée sur le mur et se remet à nager.

Au cours des six dernières semaines, Eva a beaucoup appris sur la nage. Plus qu'elle ne l'aurait imaginé !

— Place tes mains comme ça, lui répète Olivier. Essaie de respirer de chaque côté

après avoir effectué trois
mouvements de bras.

C'est une sorte de magicien
— chaque truc qu'il lui donne
est comme une formule
magique qui lui permet
d'avancer plus vite sous l'eau.
Abracadabra !

Lorsqu'Eva atteint l'autre
extrémité de la piscine,
elle s'immobilise et regarde
l'horloge.

Bien. Elle nage rapidement aujourd'hui.

Dans le couloir voisin, Marianne est déjà appuyée contre le mur.

— Fromage et craquelins? l'interroge-t-elle en replaçant une mèche de cheveux sous son casque de bain.

— Hé non! répond Eva en secouant la tête.

Depuis qu'Eva s'est jointe au groupe, les filles ont alternativement apporté une collation à partager après le cours. C'est au tour d'Eva aujourd'hui, et les autres tentent de deviner ce qu'elle a apporté.

— Des sushis? crie Océane, deux couloirs plus loin.

Eva secoue la tête.

Bientôt, Jade s'arrête
pour se reposer dans le couloir
de l'autre côté d'Eva. Elle lève
les mains pour montrer
ses ongles nus à Eva. Elle feint
un air triste.

— Mon professeur
d'éducation physique
m'a demandé d'enlever
mon vernis à ongles, dit Jade
en faisant la moue.

Eva montre ses ongles à Jade.

— Ma mère m'a aussi réprimandée, dit-elle tout bas. Mais je vais en remettre plus tard.

Jade rit.

— Des sandwichs à la salade? crie Océane.

— Non! répond gaiement Eva.

Elles ne devineront jamais

qu'elle a préparé des smoothies

à la banane qu'elle garde

au froid dans un thermos !

Eva et Jade replacent

leurs lunettes de plongée

en même temps et se
remettent à nager.

Mouvement des bras,
mouvement des bras, mouvement
des bras... respiration.

Eva tend les bras vers l'avant
à chaque mouvement de bras,
en essayant de suivre le rythme
de Jade. Elle tente sans cesse
de dépasser son amie.
Mais Eva n'est pas encore
assez rapide.

Chaque fois qu'elle prend une respiration du côté de Jade, Eva essaie de la repérer. Son corps lui donne l'impression d'être rapide et forte.

Eva sent une fébrilité lui envahir la poitrine. Elle aperçoit la traînée d'éclaboussures de Jade dans le couloir voisin...

Les deux filles font
une culbute contre le mur
en même temps. Eva sourit
intérieurement sous l'eau.

Je n'arrive pas à y croire !
Pour la première fois de
ma vie, j'arrive à suivre Jade !

À la fin du cours, Eva se
hisse hors de la piscine.
Elle a chaud et elle est épuisée.
Mais elle est fière d'être

parvenue à suivre la cadence

de Jade.

Olivier a l'air pensif.

— Comme certains d'entre

vous sont déjà au courant,

la compétition des clubs

de natation la Vague aura lieu

dans moins de deux semaines,

crie-t-il.

La plupart des enfants

hochent la tête. Jade secoue

les bras comme si elle se

préparait déjà pour
la compétition.

Olivier regarde Eva.

— Et je crois que tu es prête
pour ta première course, Eva.

Génial ! Eva adresse un large
sourire à Jade et fait pivoter
les demi-pointes de ses pieds.
Elle va participer à une vraie
course !

Eva écoute attentivement
pendant qu'Olivier leur

explique l'entraînement préparatoire auquel elles seront soumises. Elle en tremble d'excitation.

Voilà ce à quoi il faut s'attendre dans le groupe Junior. Eva est impatiente de participer à la course.

Chapitre six

Les deux semaines suivantes,

Eva pense sans arrêt

à la compétition des clubs.

C'est du sérieux !

Elle a beaucoup à faire.

Travailler sur sa respiration,

améliorer sa technique

de nage et augmenter

son endurance. Elle essaie

également de bien s'alimenter

afin d'avoir le plus d'énergie

possible...

Même à l'école, ou lorsque

sa mère lui parle, le cerveau

d'Eva est occupé à se repasser

tous les trucs que lui donne

Olivier — comment s'élancer

rapidement au départ,

comment exécuter chaque mouvement de bras, comment garder une respiration soutenue.

Je dois bien réussir ma course, se répète-t-elle continuellement. Je dois suivre les autres compétiteurs.

Lorsqu'Eva pense à suivre les autres membres de son équipe, son cœur bat la chamade dans sa poitrine,

comme si elle nageait déjà.

Eva est si concentrée sur la

nage et la compétition qu'elle

n'arrive plus à se souvenir de

rien — comme faire ses devoirs

ou enfiler son coupe-vent.

Le jour précédant

la compétition des clubs,

elle oublie même son lunch.

Lorsque le père d'Eva tape

contre la fenêtre de la porte

de la classe, tout le monde se met à rire. Alexia, qui est assise à côté d'Eva, lui donne un coup de coude.

Eva se sent rougir. Habituellement, elle est très organisée. Elle n'oublie jamais rien ! Mais présentement, elle ne pense qu'à la compétition.

Ça n'a pas d'importance, se dit Eva. Elle doit manger un lunch nourrissant si elle

veut nager rapidement

demain.

�֎

Le lendemain matin, Eva

parvient à peine à réfléchir.

Elle a l'impression que

son corps est réglé au quart

de tour. Ses jambes tremblent

d'excitation. Elle a des

papillons dans le ventre.

Que se passe-t-il? se

demande Eva. Elle n'a pas

l'habitude d'être aussi

nerveuse. En temps normal,

Eva est téméraire et forte,

et elle a confiance en

ses moyens. Elle n'a pas

l'habitude d'avoir les jambes

molles et l'estomac à l'envers.

Pourquoi se sent-elle aussi
mal ?

Eva entre dans le complexe
aquatique et avale sa salive.
Les estrades sont pleines
à craquer !

Eva ne savait pas qu'il y
avait autant de gens inscrits
à des clubs de natation — des
adolescents, des adultes, et
même des enfants qui ont l'air

plus jeunes qu'elle. Et tout le monde porte un chandail aux couleurs du club de natation la Vague — rouge et jaune !

À la vue de tous ces gens, Eva recommence à sentir de la nervosité. Elle va faire sa première course devant une foule monstre !

Elle rejoint ses amies près de la piscine d'échauffement.

— Es-tu prête, Eva ?

demande Marianne. J'adore les courses !

Elle secoue les bras et les jambes comme une poupée de chiffon.

Eva dépose son sac de plongée et jette un coup d'œil à ses parents dans les estrades.

— Je crois que oui, répond-elle.

Elle ressent un peu d'excitation, mais surtout de la nervosité.

— Hé, calme-toi, dit Jade

en donnant un coup de poing

amical sur le bras d'Eva.

Tout ira bien une fois que

tu seras dans la piscine.

Eva hoche la tête.

Mais elle ressent une drôle de sensation pendant qu'elle exécute ses longueurs d'échauffement. Comment trouver le rythme quand la seule chose à laquelle elle pense, c'est qu'elle va faire une course devant autant de gens ?

Une fois qu'Eva est montée sur le plot de départ, son cœur se met à battre à toute vitesse.

Elle essaie de prendre
de grandes respirations.

Le pistolet de départ
produit un déclic, ce qui
signifie « prenez votre
position ». À côté d'Eva,
les autres enfants se hissent
sur les plots de départ.

Le silence s'installe dans
les estrades.

Eva se penche vers l'avant
— les bras prêts à se balancer

vers l'avant, les jambes prêtes

à pousser...

Ses cuisses tremblent.

BANG !

Au son du pistolet

de départ, Eva se donne

une poussée et plonge dans

la piscine. Le cœur d'Eva bat

tellement vite qu'elle a de

la difficulté à se concentrer.

Puis — plouf, plouf, plouf —

elle martèle la surface de l'eau

avec les pieds et se prépare

à entreprendre sa série

de mouvements de bras.

Ses poumons brûlent déjà.

Mouvement des bras, mouvement

des bras, mouvement des bras...

respiration.

Mouvement des bras,

mouvement des bras... respiration,

GASP!

Eva donne tout ce qu'elle

peut, mais elle a les jambes

en compote. Ses bras sont douloureux et faibles.

Comment nager vite ? pense Eva. J'arrive à peine à respirer !

Chapitre
* sept *

À la fin des courses, Eva est
dans un état lamentable. Elle
est arrivée en dernière position
à chacune des courses.
Et de loin ! Elle n'a pas réussi
à suivre les autres.

Lorsque les autres enfants de l'équipe se dirigent vers le vestiaire, Eva les suit lentement. Elle ne veut pas se changer avec ses amies.

Elle regarde les estrades, et aperçoit sa mère qui lui sourit et lui envoie la main. Son père lève les pouces.

Eva souhaiterait courir rejoindre ses parents et se blottir dans leurs bras.

Mais elle devra attendre.

Elle doit d'abord se changer.

Tandis qu'elle se dirige vers

le vestiaire, Eva baisse les yeux

sur ses mains. Elle regarde
ses ongles délirants d'un air
renfrogné. Elle ne les aime
plus. Pas après avoir fait
une aussi mauvaise course.

— La voilà !

Soudain, Jade, Marianne
et Océane s'attroupent autour
d'Eva. Elle avale sa salive. Elle
a honte d'avoir nagé aussi mal.

— Nous ne pouvions pas
commencer sans toi, dit Jade.

Elle pointe un banc couvert
de nourriture : des serpents
en gélatine, des sandwichs
à la confiture, des truffes
au chocolat et un sac
de croustilles.

L'estomac d'Eva fait
des gargouillis.

— C'est l'anniversaire
de quelqu'un ? demande-t-elle
doucement.

— Non, répond Marianne en
offrant des truffes au chocolat
à la ronde. C'est un secret,
alors ne le dis pas aux garçons
de l'équipe. Mais après chaque
course, nous faisons une fête.

Elle met une truffe dans
sa bouche. Puis elle sourit,
du chocolat pris entre les dents.

— Cool ! Merci, dit Eva,
qui se sent soudainement
un peu mieux.

Elle met un serpent dans sa bouche, appréciant l'amalgame de saveurs. Normalement, elle préfère manger des aliments sains après avoir nagé. Mais présentement, c'est de sucre dont elle a besoin.

Les quatre filles se regroupent autour du banc. Elles bavardent tout en mangeant.

— Je me souviens de ma première course, dit Marianne. Je nageais de travers et j'ai foncé dans les cordes de couloir.

— Je me souviens ! s'écrie Jade. Tu étais presque rendue dans mon couloir.

Tout le monde éclate de rire.

— J'étais vraiment nerveuse à ma première course, moi

aussi, dit Jade en souriant

doucement à Eva.

Eva baisse les yeux sur

le banc, puis elle regarde Jade.

— Tu as été formidable

aujourd'hui, dit-elle.

Jade a remporté

trois courses.

— Bof, j'aurais aimé nager

plus vite, dit Jade d'un air

renfrogné. Il le faudra si

je veux remporter une médaille

aux championnats

provinciaux.

Eva sourcille.

— Les championnats

provinciaux? répète-t-elle.

— Ouais, tu n'étais pas

au courant? demande Océane.

Tous les gagnants d'aujourd'hui

auront la chance

de représenter le club la Vague

aux championnats

provinciaux.

C'est pour cette raison
que Jade prend
les compétitions si au sérieux.

Soudain, le corps d'Eva
est submergé par un sentiment
de déception. Elle a tout
bousillé aujourd'hui. Elle n'a
plus aucune chance de pouvoir
nager aux championnats
provinciaux.

Pourquoi n'ai-je pas été plus rapide? pense Eva, malheureuse.

Chapitre
* huit *

— Eva, attends !

Le cours suivant, Olivier interpelle Eva afin de lui parler seul à seul.

Eva baisse la tête et regarde ses ongles nus en fronçant

les sourcils. Elle n'avait pas très hâte au cours d'aujourd'hui.

— Comment vas-tu ? demande Olivier.

Il donne de petites tapes sur le banc afin qu'Eva s'assoit à côté de lui.

Eva s'assoit en haussant les épaules.

— Bien, je crois.

Elle regarde Olivier de biais.

Elle se demande s'il est fâché

contre elle. Ou pire, si elle

l'a déçu.

Mais ses yeux sont doux

et gentils.

— C'est difficile, la course,

n'est-ce pas ? dit-il.

Eva hoche la tête et pousse

un long soupir tremblotant.

— Tout a été de travers.

Ils entendent le bruit

d'un grand éclaboussement

suivi d'un rire en provenance de la piscine des bambins.

— Les courses se gagnent et se perdent ici, dit Olivier en tapotant sa tempe. Comprends-tu ce que je veux dire?

Eva plisse le nez. Des départs puissants, des virages en culbute exécutés rapidement, des mouvements de bras tout en douceur, pense-t-elle. C'est comme ça qu'on remporte des courses. Elle secoue la tête.

Olivier se gratte le menton d'un air pensif.

— Ce qui se passe dans ta tête, commence-t-il, peut influencer la réaction de ton corps.

Eva repense à la façon dont elle se sentait avant les courses. Les idées se bousculaient dans sa tête et son corps était tendu. Ce n'est pas surprenant qu'elle ait nagé aussi lentement.

— La nervosité n'y est pour rien, dit Olivier en souriant. Pourquoi ne ferions-nous pas quelques exercices qui t'aideront à te calmer?

Eva se mordille la lèvre.

— Pour vrai? demande-t-elle.

Elle doute de pouvoir parvenir à se calmer avec des exercices.

Olivier hoche la tête.

— Je l'ai déjà fait avec plusieurs membres de l'équipe, affirme-t-il.

Puis il frotte ses mains l'une contre l'autre.

— Explique-moi pourquoi tu aimes la natation.

— Hum...

Eva incline la tête et regarde les traînées d'éclaboussements dans la piscine pour la nage en longueur. Elle réfléchit.

— J'aime l'eau, finit-elle par dire. J'aime la sensation qu'elle produit sur ma peau. J'ai l'impression de voler.

— Bien. Souviens-toi toujours de cette sensation, car c'est elle qui prédomine. Même quand tu fais des courses.

À la simple pensée des courses, Eva se met soudainement à avoir froid.

L'effet de l'eau est différent

lorsqu'elle est nerveuse.

— Est-ce que je peux faire

des longueurs, maintenant?

demande Eva.

Elle n'aime pas rater

du temps de piscine.

— Non. À présent, j'aimerais

que tu fermes les yeux.

Eva fait ce que lui demande

Olivier. Elle entend de faibles

flics, flocs, ploufs en

provenance de la piscine

pour nage en longueur.

— Prends de grandes

respirations, dit Olivier.

Inspire par le nez et expire par

la bouche.

L'air sent le chlore.

— Maintenant, imagine que

tu nages le crawl, dit Olivier.

Sa voix est calme.

Dans sa tête, Eva essaie de

s'imaginer en train de nager.

Elle a l'impression d'être ridicule. Eva ouvre les yeux.

— Puis-je aller nager pour vrai ? demande-t-elle.

— Pas tout de suite, répond Olivier sur un ton impatient.

Eva soupire et referme les yeux. Elle s'assoit sur le banc et essaie de détendre ses épaules.

Elle s'imagine lever le coude dans les airs et glisser

les doigts sur l'eau. Elle se voit tourner la tête et prendre une respiration après avoir effectué trois mouvements de bras.

— Quelle sensation l'eau produit-elle sur toi ? demande Olivier.

— C'est doux et chaud.

— Oui, l'eau est douce et chaude. Et regarde à quelle vitesse tu nages ! Tu te sens forte et calme. Tu as un bon pressentiment à propos

de cette course.

Tandis qu'Eva écoute la voix

d'Olivier, elle a l'impression

que ce qu'il lui dit est réel.

Je nage vite ! Je me sens bien.

C'est mon mouvement de bras

le plus réussi, et mes épaules

sont si fortes...

Eva respire maintenant à

un rythme régulier. Elle retient

son souffle au bon moment

à chacun de ses mouvements de bras imaginaires.

Elle se sent calme. Mais en même temps, elle est emballée et excitée.

Chapitre neuf

— Bon travail, Eva, dit
Olivier après un moment.

Eva ouvre les yeux et regarde
tout autour. Elle était
si concentrée qu'elle a
l'impression qu'elle s'était

réfugiée très loin dans sa tête.
Comme si elle était partie
dans un autre monde.

— Tu peux le faire pour vrai
maintenant, dit Olivier en
se levant. Allez, à plus tard.

Eva se relève lentement. Elle
voit encore les mouvements de
bras imaginaires dans sa tête
pendant qu'elle s'échauffe.

Elle se dirige ensuite vers
un couloir libre et se hisse sur

le plot de départ. Elle se place

en position pour plonger.

Plouf!

D'un seul mouvement, Eva

est de nouveau dans

la piscine. Elle sent l'eau

la guider vers la surface.

C'est si bon de pouvoir enfin

être dans l'eau !

Mais étrangement, Eva a

l'impression qu'elle nage

depuis longtemps.

Au cours des trois semaines suivantes, Eva débute chaque cours sur le banc. Ce n'est pas si mal. Elle commence à apprécier la sensation apaisante que cela lui procure.

Olivier s'assure aussi qu'elle concentre ses pensées sur plusieurs autres choses. Par exemple, faire une course contre la montre et réaliser

le meilleur chrono de sa vie.

Deux semaines avant

les championnats, Olivier

s'assoit avec Eva au début

du cours. Les autres enfants

de son équipe s'entraînent

déjà dans la piscine.

— Imagine-toi que tu fais

une course, dit Olivier.

Sur ces paroles, le cœur

d'Eva se met à battre à vive

allure malgré qu'elle soit
paisiblement assise sur
un banc. Elle ouvre les yeux
et secoue la tête.

— Concentre-toi sur
ta respiration, dit Olivier.
Inspire par le nez, expire par
la bouche.

Après avoir pris quelques
grandes respirations,
les palpitations diminuent
petit à petit.

Les courses me rendent nerveuse.

— Maintenant, imagine que tu participes aux  championnats provinciaux et que tu te sens bien, dit Olivier. Tu es excitée, Eva ! Tu vas en apprécier chaque moment.

Eva pense à la sensation du plot sous ses pieds nus. Le son du déclic du pistolet.

Je suis excitée, se convainc fermement Eva. Je vais avoir du plaisir. Puis, c'est exactement ce qui se produit lorsqu'elle fait sa première course dans sa tête !

— Bien, dit Olivier au moment où Eva ouvre les yeux.

Dis-moi. Aimerais-tu que cela se réalise pour vrai?

— Vous voulez dire…

Eva s'avance sur le banc.

— Vous me demandez si j'aimerais participer aux championnats provinciaux?

Elle sent une boule d'excitation se former dans son ventre.

— Il nous manque un nageur pour le relais cent

mètres en nage libre. C'est

ta spécialité.

Olivier sourit et se lève.

— Tu viens juste de le faire

dans ta tête, non ?

Il regarde les autres enfants

à la ronde, puis se tourne

vers l'horloge.

Eva avale sa salive et prend

une longue respiration

apaisante. Elle hoche ensuite

la tête.

Je peux y arriver, pense-
t-elle. J'ai déjà réussi dans
ma tête. Il ne me reste plus
qu'à le faire pour vrai.

Chapitre
dix

Au cours des deux semaines

suivantes, Eva s'entraîne

plus fort que jamais.

Elle chronomètre ses longueurs,

accorde un soin particulier

à ses départs et fait même

481

quelques exercices de relais supplémentaires. Elle réalise également plusieurs courses dans sa tête.

C'est formidable. Eva arrive à peine à croire qu'elle va participer aux championnats provinciaux. Et la voilà en train de s'entraîner pour le relais avec les autres filles de son équipe!

Après leur dernier
entraînement, Olivier convoque
une réunion d'équipe.

— OK tout le monde,
vous avez tous bien travaillé.

Olivier place ses mains
sur ses hanches.

— Reposez-vous d'ici
dimanche. Ensuite, vous
devrez donner tout ce que
vous avez au nom du club
la Vague !

Sur ces paroles, Olivier lève le bras dans les airs et agite le poing. Tout le monde l'imite et pousse des vivats.

Eva croise ses mains sur ses épaules. Je vais nager pour le club la Vague, pense-t-elle en ressentant une boule d'excitation dans son ventre. C'est énorme ! Encore plus important que la compétition des clubs la Vague.

Tandis que les filles
se dirigent vers le vestiaire, Jade
place son bras autour
des épaules d'Eva et lui explique
à quoi ressemble le complexe
aquatique provincial.

— La piscine est géniale,
dit Jade sur un ton enjoué.

Puis, elle se mordille la lèvre
et regarde Eva.

— Imagine si nous
remportons chacune
une médaille !

Eva hoche la tête et sourit
à son amie. Elle est en train
de faire une course dans
sa tête. La boule dans
son ventre se met
soudainement à grossir.

— Tu as fini de râper
cette carotte ? demande
la mère d'Eva.

— Presque ! soupire Eva.

Eva prépare un gâteau aux
carottes avec sa mère. C'est
nourrissant en plus d'être très
bon. Le goûter parfait pour
une fête d'après-course !

La couleur vive fait sourire
Eva tandis qu'elle ajoute
les carottes râpées à la pâte à

gâteau. Puis elle commence à malaxer le tout. C'est facile depuis que ses bras ont pris du muscle !

Pendant qu'Eva malaxe, elle s'imagine en train de manger de grosses pointes de gâteau avec ses amies. Lorsque nous le mangerons, pense Eva, les championnats provinciaux seront déjà choses du passé...

— C'est délicieux ! dit Eva

à voix haute en léchant

la cuillère.

Sa mère place le gâteau

au four et met le minuteur

en marche.

— Je vais être dans le bureau

si jamais tu as besoin de moi,

dit-elle à Eva.

Hum ! Lécher la cuillère

est le moment préféré d'Eva.

C'est tellement meilleur que

les gâteaux qui se vendent en magasin !

Une fois qu'elle a fini de lécher la cuillère, Eva balaye la cuisine du regard. Elle n'a rien à faire. Rien, sauf penser au lendemain.

L'estomac d'Eva se retourne subitement d'excitation. Son cœur se met à battre plus vite. Mais Eva sait comment se calmer, maintenant.

Elle s'assoit sur le plancher de la cuisine, ferme les yeux et se concentre sur sa respiration.

Les battements de son cœur se mettent aussitôt à ralentir.

Les yeux fermés, Eva s'imagine en train de faire une course à relais. Elle se voit sur le plot de départ, attendant que Marianne touche le mur avant de plonger à l'eau...

Les yeux d'Eva s'ouvrent brusquement. Il y a quelque chose qui ne va pas!

Dans sa tête, Eva s'imagine être dans la piscine de la Vague. Sa piscine. Mais c'est faux. La compétition de demain va avoir lieu au complexe aquatique provincial!

Eva ferme les yeux fortement. Son cœur se met à battre plus vite.

Comment faire pour
se représenter le complexe
aquatique provincial?
Eva n'y a jamais mis les pieds!
Ne panique pas, Eva,
se répète-t-elle. Tu peux
vaincre le trac.

Eva essaie à nouveau. Elle se voit en train de nager le relais dans une piscine imaginaire. Mais elle a le souffle coupé et un nœud dans l'estomac.

Ça ne fonctionne pas, pense Eva en ouvrant les yeux et en regardant tout autour. Je vais échouer à la grande compétition !

Chapitre onze

— Es-tu nerveuse ? demande
la mère d'Eva. Elle regarde Eva,
qui est assise à la table de
la cuisine et se ronge les ongles.
Eva hoche la tête,
et commence ensuite à se

mordre la lèvre. Elle est beaucoup trop nerveuse pour bien nager demain. Et elle ne parvient même pas à se calmer!

— Ah, Eva, dit sa mère en lui caressant l'épaule. Ne sois pas si exigeante envers toi-même, ma chérie. C'est seulement ta deuxième course.

Eva arrête de se mordiller la lèvre et hausse les épaules. Elle sait que sa mère a raison.

Mais c'est difficile de ne pas
se laisser submerger par
ces pensées — rivaliser avec
des jeunes de partout dans
la province qui ont chacun
les aptitudes pour remporter
une médaille. Et Jade,
en particulier.

Eva veut remporter
une médaille à tout prix.
C'est pourquoi elle s'inquiète
tant à propos de la course !

— Sais-tu que Jade t'a envoyé un courriel? l'informe sa mère. Ça va peut-être te remonter le moral.

— C'est vrai? dit Eva en se levant d'un bond.

Il y a longtemps qu'elle et Jade se sont échangé leurs adresses courriel, mais elles s'écrivent rarement. Elles sont trop occupées à nager ensemble !

Dans le bureau, Eva s'assoit
et ouvre le message.

— JETTE UN COUP D'ŒIL
À CES ONGLES !!!!!!!!!!,
a tapé Jade. Puis il y a un lien
sous son message.

— Bon, une autre adepte
du vernis à ongles ! dit la mère
d'Eva qui regarde l'écran
par-dessus son épaule.

Eva ne peut s'empêcher
de sourire. Bien qu'il s'agisse

également d'une journée
importante pour Jade, elle n'a
pas oublié son amie.

Eva clique sur le lien,
puis une page s'ouvre sur
un article qui porte sur
la nageuse blonde qui a peint
ses ongles. Il y a une photo
d'elle avec les mains dans
les airs. Cette fois-ci,
ses ongles sont rayés bleu,
blanc et rouge.

— Ma foi ! s'esclaffe la mère d'Eva, désespérée.

Eva sourit et commence la lecture de l'article. Elle sait à quel point les muscles de

l'athlète sont endoloris après
ses séances d'entraînement
et combien d'efforts elle doit
déployer pour effectuer
chaque mouvement de bras.
Eva prend soudain conscience
qu'elle a beaucoup appris
depuis qu'elle s'est jointe
à l'équipe Junior.

Elle a fait énormément
de progrès depuis son premier

cours. Cela la calme un peu

intérieurement.

Sa mère lui caresse le genou.

— Tu te sens mieux,

ma chérie?

Eva hoche la tête. Le relais

l'énerve encore, mais cela

ne la dérange plus autant.

Après tout, la course n'est

qu'une discipline

au programme de l'équipe.

Eva s'enfonce dans

sa chaise. Peu importe ce qui

arrivera, elle a une fête à

préparer pour demain.

Et en plus, elle aura la chance

de nager dans une nouvelle

piscine.

Elle se sent privilégiée de

faire partie de cette compétition.

La piscine du complexe

aquatique national est

impressionnante... et énorme !
Des drapeaux sont suspendus
au-dessus de l'eau bleu clair,
et des cordes noires séparent
les couloirs. Eva n'arrive pas
à croire qu'elle va bientôt
nager dans cette piscine !

Le complexe est plein
à craquer. Eva se sent toute
petite parmi la foule. Mais
elle est excitée, aussi. Pense
au plaisir que tu vas avoir,

se répète-t-elle pendant

qu'elle se change avec le reste

de l'équipe dans le vestiaire

bondé.

Tandis qu'elle effectue

ses longueurs d'échauffement,

Eva essaie de se concentrer

sur sa technique et sur

la sensation de l'eau.

Son cœur bat très vite,

mais elle ne s'en fait pas.

Elle ne pense qu'à garder la cadence pendant qu'elle nage.

Jusqu'au moment de prendre le départ pour la grande course, Eva tente de se concentrer et de se relaxer.

Lorsque ses coéquipiers se mettent en position, Eva fixe son regard sur le derrière de la casquette de Marianne.

— Le club de natation la Vague ! crie le présentateur.

La foule se lève et applaudit,
puis Eva cesse de regarder
le derrière de la casquette
de Marianne. Elle observe
les couleurs et l'agitation dans
les estrades. Il y a tant
de gens ! Et beaucoup
de banderoles et d'affiches,
également.

— Vas-y Théo !

— Le club de natation Étoile
de mer *Vous êtes des gagnantes !*

Je dois rester calme !

Eva n'a jamais vu autant de personnes réunies à un même endroit ! Elle a la gorge sèche. Elle ne sait même pas où sont assis ses parents, et ignore où se trouve Olivier.

Pendant un moment,

Eva sent une pression dans

sa poitrine.

Je ne veux pas me sentir

comme ça maintenant,

se dit-elle. Plus jamais ! Eva se

concentre sur sa respiration.

Elle refuse de regarder la foule.

Elle garde plutôt les yeux

sur l'eau. Il n'y a presque

personne dans la piscine.

De petites vagues frappent

doucement contre les murs.
La piscine semble attendre
— prête à aider Eva à nager.

À présent, le cœur d'Eva bat
un peu moins vite. Elle se tient
droite et respire à fond.
Eva est prête à nager pour
la Vague.

Chapitre douze

Il règne une atmosphère

détendue dans le complexe.

Tous les yeux sont rivés sur

les filles qui ont pris position

sur les plots de départ.

On dirait une photo

— personne ne bouge.

BANG !

Au son du pistolet, la foule

reprend vie.

— Allez, la Vague !

Mais Eva ignore la foule.

Elle garde les yeux sur

la piscine, et regarde Marianne

nager le premier tronçon

de l'épreuve. Elle rivalise avec

sept autres nageurs.

Lorsque son amie sort de la piscine, Eva s'installe sur le plot de départ. Elle entend son cœur battre — il semble courir dans sa poitrine, prêt à nager.

Bientôt, Marianne effectue son virage en culbute et se dirige à nouveau vers Eva. De sa position, Eva a l'impression que Marianne est en troisième place.

Dans le couloir à côté d'Eva, le premier nageur rejoint l'extrémité de la piscine et le deuxième participant plonge dans l'eau.

Un peu plus loin, un autre nageur a aussi sauté dans un plouf.

Eva se penche, avec le cœur qui lui martèle la poitrine. Elle attend. Les muscles de ses cuisses sont tendus.

Aussitôt que la main
de Marianne touche le mur,
Eva s'élance du plot de départ.

Plouf! Eva plonge dans
l'eau à travers la vague
de bulles. Elle bat des jambes
énergiquement avec
l'impression que l'eau la guide
à la surface. Elle entame
ses mouvements de bras.

Au moment où elle prend
sa première respiration,

elle jette un coup d'œil aux couloirs voisins. Eva décide d'ignorer où se trouvent les autres nageurs par rapport à elle. Elle se concentre sur le mouvement de ses bras.

Ne pense pas à cela, se dit Eva en redoublant d'efforts.

Nage, c'est tout ce qui compte !

À la fin de la journée, Eva et ses coéquipiers s'entassent dans un coin du vestiaire bondé. Il n'y a pas beaucoup de place pour faire une fête d'après-course ! Mais cela ne semble pas importuner personne.

— J'adooore le gâteau
aux carottes ! dit Marianne,
la bouche pleine. Elle a
du glaçage blanc sur la joue.

Eva rit. La moitié du gâteau
s'est déjà envolée, et personne
n'a encore touché
aux rouleaux à la confiture
achetés à l'épicerie.

Elle glisse le doigt sur le
glaçage de sa pointe de gâteau
et le lèche allègrement.

Ce fut une journée chargée.
La nervosité, l'excitation de
participer à une compétition,
puis le plaisir qu'elle a eu
à encourager Jade lorsqu'elle
a fait sa course en dos crawlé.

Après tout ça, elle est

heureuse de pouvoir se

détendre avec ses amis.

Eva n'a presque pas parlé

à Jade de la journée.

Elle regarde son amie et

lui sourit. Elles ont chacune

une médaille de bronze autour

du cou — pour avoir terminé

en troisième position

au relais ! Jade a aussi

une médaille d'or autour

du cou, puisqu'elle a remporté

la course en dos crawlé.

Eva est tellement contente

pour son amie.

Jade fait un clin d'œil à Eva

tandis qu'elle prend une autre

bouchée de gâteau. Eva baisse

les yeux sur sa médaille

et sourit légèrement.

Puis elle regarde Jade à

nouveau. Avec un synchronisme

quasi parfait, les deux filles

lèvent les mains dans les airs
et agitent leurs doigts.

Elles ont toutes deux peint
leurs ongles aux couleurs
de la Vague — rayés rouge
et jaune !

GO GIRL!

**La nouvelle série
qui encourage les filles
à se dépasser !**

La vraie vie,

de vraies filles,

de vraies amies.